KB005647

나와 너의 장법章法

김송배

《심상》신인상 등단.
시집 『물의 언어학』 등 11권, 평론집 『감응과 반응』 등 5권, 시창작법 『김송배 시창작교실』 등 2권, 산문집 『지성이냐 감천이냐』 등 4권.
윤동주문학상, 조연현문학상 등 수상.
한국예총 월간 《예술세계》 주간 역임. 한국문인협회 사무처장, 시분과 회장, 부이사장 역임.
현재, 한국시인협회 심의위원, 목월문학포럼 중앙위원, 한국문인협회 및 국제 펜 한국본부 자문위원, 한국현대시론연구회 회장, 《계간시원》 발행인.
ksbpoet@hanmail.net
http://cafe.daum.net/ksbpoet
010-3797-8188

나와 너의 장법章法

—

초판 1쇄 2017년 9월 25일
지은이 김송배
펴낸이 김영재
펴낸곳 책만드는집

—

주소 서울 마포구 양화로 3길 99 4층 (04022)
전화 3142-1585·6
팩스 336-8908
전자우편 chaekjip@naver.com
출판등록 1994년 1월 13일 제10-927호
ⓒ 김송배, 2017

—

ISBN 978-89-7944-625-8 (04810)
ISBN 978-89-7944-354-7 (세트)

책 만 드 는 집　시 인 선 0 9 9

나와 너의 장법 章法

김송배 시집

책만드는집

내가 나에게 던지는 경고의 메시지

언제부턴가 '나'라는 존재에 대하여 회의懷疑를 갖게 되었다.

나는 나에게 물었다. 나는 이 세상에 존재할 만한 가치가 있는가.

있다면 나는 나를 진실로 사랑하고 있는가.

한 생명이 어영부영 일생을 살아간다면 시인의 이름으로, 시의 언어로 이를 거부하리라.

나는 나에게 '너'라는 이칭異稱으로 나를 꾸짖으며 질책하고 있다.

이 세상의 많은 모순과 부조리, 불감증과 위기의식 등에게 호소하고 있다.

실재의 '나'와 이상의 '나'가 시행詩行에서 충돌하지만, 때로는 격려와 찬사를 보내기도 한다.

이것이 삶인가 싶다. 제10시집 『물의 언어학』(2013년) 이후 고희古稀를 넘기면서 자성自省해보는 4년간의 긴 독백을 모았다.

앞으로도 이러한 상황에 착목着目해서 거기에 안주하지 않는 행간을 메꾸어나가리라.

詩여! 위대한 진실이여, 나를 구원하는 인생의 등불이여, 죽는 날까지 그의 품 안에서 영원히 '나'를 인식하고 성찰하며 또한 정립하리라.

2017년 입추 절기에
김송배

1부   나와 너를 위한 통섭

2부   나와 너의 성찰=독백

3부 나와 너의 장법

4부　( )에서의 탈출기

1부

나와 너를 위한 통섭

나와 너의 장법章法·서

소크라테스는 일찍이 '너 자신을 알라'고 외치면서 가두街頭에 나서서 시민들에게 무지無知의 자각을 계도했다. 네 분수를 알라. 네가 죽을 곳을 알라는 그는 일상적인 자기와 다른 진실한 자기를 알아야 한다는 것. 아아, 나는 나를 얼마만큼 알고 있는가. 태어나서 힘들게 먹고살다가 그냥 돌아가는 무지의 안일에 빠져버린 인생이었다. 인생 칠십고래희人生七十古來稀가 되어서야 비로소 챙겨보는 자아의 인식─존재는 무엇인가. 존재에서 성찰하고 각성하는 '나'는 지금쯤 어느 길에서 방황하고 있는가. 나는 알지 못했다. 모질게도 인간 칠정七情의 고초를 모두 체험하면서도 아직도 나를 잘 알지 못한다. 잘못된 판단이나 그 모순을 깨우치고 옳은 길로 유도하는 인간 본연의 진실을 몰랐다. 그래, 항상 종교적인 믿음으로 영육이 안정할 수 있는 삶의 방법을 지금이라도 찾아보게나.

─《문예사조》2017. 5월호

나와 너의 장법 · 1

내가 너에게 너의 정체성에 대하여 정중하게 질문한다. 지금까지 살아온 나의 행위에 불신의 언어로 반격하는 도저到底한 너의 표정과 언로言路는 너무 지나친 게 아닌가. 어쩌면 너는 나를 닮은 듯도 하지만, 나의 일거수일투족을 항상 정밀하게 감시하면서 참견하려는 그 고약한 심사는 누구를 위한 충언인가. 명확하게 응답하지 않으면 여하한 소통도 용납하지 않을 것임을 명심하기 바란다. 나와 너의 통섭通涉을 위해서 성실한 자세와 화자話者의 위치를 명징明澄하게 밝혀야 한다. 내가 던지는 말 한 마디, 내가 갈기는 글 한 줄에 대해서도 일일이 대꾸하는 너의 참견이나 간섭은 내 의식의 흐름에서 자각된 성찰인가 기원인가 아니면 그 좌절과 절망의 막다른 골목에서 절규하는 기도인가. 너는 나를 오늘도 미행하면서도 정도正道를 안내하려는 영원한 반려자인가. 생사고락을 함께할 동반자인가. 이제는 우리 서로 정체를 밝혀두고 동행하면 어떠한가.

─《시와표현》 2013. 봄호

나와 너의 장법 · 2

언젠가 나는 「사랑법―그림자」라는 시를 쓴 일이 있다. 거기에서 '나는 나를 미행하는 한 물체를 섬뜩하게 어느 날 보았다. 내 몰골을 빼닮은 유령이듯 밤낮없이 그는 내 곁에서 나를 감시하는 충복이었다. (…중략…) 어느 날 나를 닮은 또 하나의 내가 어눌하게 서 있었다'라고 나의 그림자가 나와 함께 유숙留宿하며 '만약 네 한 몸 바로 추스르지 않으면 너는 나와 함께 영원히 소멸되리라'는 경고로 나의 행동을 조정한다는 어조에서 문득 나는 너의 정체를 유추하기도 했으나 시간이 지날수록 네가 나에 대한 강한 집념 탓인지 나의 언행을 예사롭지 않게 관찰하고 있는 거 같아서 별로 탐탁하게 받아들이지 않았는데 나의 잠자리에서나 그 꿈속에서까지 나를 챙기는 너의 심사는 과연 누구의 사주使嗾인가. 네가 나와 일심동체를 염원하는 황홀한 이 세상은 이루어질 수 있을 것인가 안타까운 현실적 의문만 남아 있네.

　　　－《월간문학》 2013. 5월호

나와 너의 장법 · 3

그리하여 너는 현실과 이상 어느 편에서 나를 응시하고 있나. 인생의 주제뿐만 아니라, 시의 주제도 인본주의 즉 휴머니즘에서 창출하는 진선미眞善美의 투영이 아니겠나. 그렇게 주제를 설정해놓고도 얼버무리는 나를 실망하고 있겠지. 그렇다. 너는 나를 오늘도 책려策勵한다. 무슨 일이든지 망설임을 앞세워 결단을 유보하는 습성을 버려야 해. 급한 성질로 불타오르듯이 훅 달아올라서 그러나 명확한 결론도 없이 홀로 떠나버리는 그 용기 아닌 무지를 스스로 인정해야 해. 왜 그래? 그러면 지금부터 나와 너의 영육靈肉을 송두리째 바꿔서 살아보지 않겠나. 어쩌면 너는 나의 분신이니까.

－《동리목월》 2013. 가을호

나와 너의 장법 · 4

    현대시 작법에는 외적(사물)인 요소와 내적(관념)인 감성이 융합되는 절묘한 이미지가 형상화할 때 사람들은 좋은 시라고 했다. 이론으로는 잘 알고 있으나 실제로는 절창絶唱 한 수 건지지 못하는 옹색한 변명. 그 옆에서 너는 또 말을 거든다. 어이, 작품을 위한 고뇌가 없으니까 사유思惟의 깊이가 얕아서 사물을 응시하는 태도에서부터 골 깊게 각인된 칠정의 한 부분에서 축적된 체험의 이미지가 재생되지 못하는 거야. 가령 꽃이나 달이 '그리움'으로 작품에 투영되었다면 그것을 사은유死隱喩라고 해서 이미 낙화로 땅에 뒹굴면서 뭇사람들의 발끝에 밟히고 있거나 이미 지고 없는 허공의 달그림자이겠지. 아아, 너는 나의 뇌리에서 언제나 동행하는 반려자이리.

    −《문학과창작》 2013. 가을호

나와 너의 장법 · 5

시간과 공간의 융합이 이루어져야 명징한 이미지 하나 가슴 깊이에서 뽑아 올릴 수 있겠는데 날마다 무엇인가를 찾아서 헤매고 있다. 아직도 그런 꿈만 꾸면서 시간을 허비하느냐. 시간은 흘러갔지만 그 공간에 묻어 있는 애증의 여린 언어들이 와와 내게로 몰려와 한 편의 작품으로 태어나기를 기다리는 그 소망의 소리를 왜 듣지 못하느냐.

너는 나에게 이젠 명령어로 재촉을 하고 있네. 누군들 좋은 시 하나 건지려는 욕구가 없을까마는 헤매고 꿈꾸는 반복이 언제까지 계속될지 알 수 없구나. 지금도 사물을 응시하거나 관조하는 내면의 지적 사유가 부족한 거야. 겉으로만 번지르르한 외모에 치우치다가 네가 깊숙이 간직한 진실을 놓치면서 주제가 빈약한 잡설만 늘어놓은 거야. 매번 일러주는 너의 충고에 따라 챙겨보는 아아, 나의 미숙한 시법詩法은 언제쯤 샛별로 반짝일 수 있으랴.

　－《문학시대》 2013. 가을호

나와 너의 장법 · 6

시는 언어예술이다. 그렇다면 수필 소설 등 다른 장르는 언어가 필요 없느냐. 아니지. 물론 필요하지. 그러나 언어가 함축하는 오묘한 절대적인 그 무엇을 눈치채기까지는 언어가 숨겨둔 눈짓 손짓들을 나타내려면 다른 분야보다는 몇 갑절의 언어와 대화를 해야 되겠지.

나는 밤을 새웠다. 한 언어의 몸짓을 알기 위해 눈에 핏발이 서도록 국어사전을 뒤졌다. 좀처럼 모습을 드러내지 않는 그 정체 아아, 벌써 휘움한 새벽빛이 창문에 어른거린다. 이봐, 그러기에 평소에 언어 훈련을 충실히 하라는 선각자들의 말씀을 새겼어야지. 너는 나의 부족한 부분, 어쩌면 결핍된 언어의 창고에까지 들어와 시는 왜 언어가 풍족해야 하는지를 설명해주고 있구나.

너는 누구냐. 나의 내면에서 이글거리는 시의 원류를 따라 네가 적시摘示하는 메시지가 오늘은 더욱 선명한 무지개의 영롱한 빛으로 유혹하는 너는.

−《문학시대》 2013. 가을호

나와 너의 장법 · 7

너는 왜 옛날에 쓰던 고전적인 멋을 잃어버렸나. 컴퓨터에서, 스마트폰에서 문명이란 마력에 이끌려 청정하던 정서의 심연을 말라버린 샘터로 황폐화시키는가. 너에게 다시 묻노니, 지필묵紙筆墨을 곁에 두고 그 묵향에 흠뻑 젖어 옛 선비들의 품위를 닮으려 했겠지. 그러나 현실과 이상이 고뇌하는 불면의 고통이 너를 밤마다 괴롭히고 있구나. 간단하게 이메일로, 문자로 보내고 말어. 언제 먹 갈고 한지韓紙를 펴서 일필휘지一筆揮之로 너의 정성을 띄울 수 있겠나.

나는 너에게 반문한다. 너는 언제부터 나의 뇌리에서 또는 가슴 깊숙한 심중에서 내가 탐구하거나 기원하려는 의중을 먼저 풀어헤쳐 나를 면구스럽게 하느냐. 제발 한 걸음 물러서서 관망하면 안 되겠니? 살아가는 일도 나의 의지대로 안 되는 것이 현실일진대.

–《서울문단》 2013

나와 너의 장법 · 8

너는 가을만 되면 도지는 병 우수憂愁의 서글픔에 왜 젖
느냐. 지금 막 떨어지는 노란 은행잎과 붉은 단풍잎을 주
워 책갈피에 꽂으면서 아득하기만 한 그리움의 감상주의
에서 헤어나지 못하는 치기稚氣는 언제까지 간직할 것이
냐. 누군가 가을을 현실적인 언어로 풍요의 계절이라고
했다. 그 사람은 실재에서 한 걸음도 나아간 사유思惟가 없
었나 보다. 오곡백과가 익어서 풍성하게 먹을거리가 많지
만 고개를 잠시 돌려 자신의 허물을 훌훌 털어내는 저 나
무를 보라. 나는 그 낙엽을 밟지 않으리라. 추적추적 가을
비까지 내리는 골목길에서 한 해의 책임을 끝내는 오늘,
아아, 그 고독함과 함께 투사하는 시어의 어눌함은 한생
을 두고두고 전율하는 동행자의 난치병인가. 너는 나더러
이맘때면 또 생기는 그 병을 치유할 수 없는 습관성으로
매도하고 있구나.

　－《PEN문학》 2013. 11 · 12월호

나와 너의 장법 · 9

벌써 겨울로 가는 길목에는 마지막 나뭇잎이 휙 떨어진다. 먼저 내려온 잎새들은 새 생명의 밑거름이 되기 위한 꿈을 꾸고 있다. '시몬, 너는 좋으냐, 낙엽 밟는 발자국 소리가? // 낙엽 빛깔은 정답고 쓸쓸하다 / 낙엽은 덧없이 버림을 받아 땅 위에 있다' 구르몽이 낙엽을 노래하는 순간 눈물 글썽이는 내 몰골을 훔쳐보고 네가 또 끼어들어 근엄하게 꾸짖는다. 아직도 감상적인 문학소년의 그 자태 때문에 좀 더 형이상적인 사유를 매번 놓치고 후회하는 게으름을 당장 고쳐라. 구르몽의 시와 같이 낙엽의 버림받은 형상이 무섭지도 않으냐. 그래그래, 나도 무엇인가 생명을 통해 존재의 가치를 높이는 꿈이라도 꾸어야지. 글썽글썽한 눈자위는 항상 한恨의 얼룩으로 남아 있으니까 너무 탓하지 말거라.

－《좋은문학》 2013. 송년호

나와 너의 장법 · 10

오늘도 어느 문학 단체에서 시 창작법 강의를 했다. 항상 두려운 것은 나는 얼마나 시 창작 이론에 통달했으며 그것을 적용해서 얼마나 좋은 시를 쓰고 있느냐 하는 문제이다. 그런 점을 알고 있으면 됐어. 벌름거리는 가슴에 한 번도 정중히 물어보지 않고 대가연大家然하는 사람도 많은데 뭘 그렇게 고심하느냐. 그래도 너는 많은 독서량이 있어서 어느 정도 그런 문제들을 해결할 수 있다니까. 오늘 처음으로 네가 나에게 올바른 훈수를 두는구나. 사람들은 이성을 잃고 자기만이 존재하는 이기주의의 팽배에서도 오로지 인간이 탐구해야 하는 진선미를 시적 주제로 투영하려는 고뇌가 너의 작품에는 너의 지정의知情意로 발양되고 있음을 잊지 않았기 때문이지.

-《좋은문학》 2013. 송년호

나와 너의 장법 · 11

하루에 '마하반야바라밀다심경'을 한 번씩 읽으면서도 절에는 가지 않았다. 또 왜 안 갔느냐고 따지면서 사이비 운운하겠지. 오랜만에 너의 정언正言을 바르게 듣고 있다. 실상 삶에서의 분노와 갈등이 심저心底에서 용암으로 흐르고 있어도 그것을 삭이면서 그 화해를 위한 기원들로 경을 읽고 시를 쓴다. 어쩌면 다시 백팔 배를 하고 와야겠다. 조계사 대웅전 큰 부처님께서 들려준 정언은 시의 주제와 다르지 않은 우리 중생들의 살아가는 진실과 동일함을 알았지. 이제야 무엇인가 정한情恨에 대한 의미를 이해하고 작품을 완성하려 하는구나. 아제아제바라아제 바라승아제─절 앞마당 진신사리탑을 돌며 '소원 성취', '무병 무탈', '가정 화목'을 합장하는 나의 심중을 너는 이제야 눈치챘겠지.

─《심상》 2014. 1월호

나와 너의 장법 · 12

하늘에는 별이 젖어 있다. 그 시각 땅에서도 아침 풀이 흠뻑 젖어 있다. 하늘에서 눈물이 유성우流星雨로 쏟아지는 날 마침 이 땅에서도 한恨의 낙루落淚가 계속되었지. 어느 날 내가 젖은 별과 젖은 풀 사이를 지나가고 있다. 세상은 모두 눈물로 젖어서 나도 젖은 채 어디론가 눈물 속을 쫓아가고 있었다. 어허, 진정하라니까. 나에게 충고하는 너의 의미는 만유萬有의 젖은 것들이 자신이 왜 젖고 있는지, 어떻게 젖고 있는지를 아직 감지感知 못 한 무지를 알려주려는 거야. 이미 내장까지 젖어버린 행로에서 태양의 열기는 다가오려나. 또 다른 행성들이 복잡하게 내 곁에서 웅성인다. 서로 절규의 깃발을 세우고 얼룩덜룩 함성으로 과시하는 인간들의 행렬에는 별과 풀과 내가 동시에 젖은 옷을 말리고 있었다.

－《시선》2014. 봄호

나와 너의 장법 · 13

　누구나 순명順命을 믿는다. 더구나 죽고 사는 문제는 더욱 그러하다. 오죽하면 인명재천人命在天이란 말이 생겨났을까. 탄생과 사멸에 대한 엄청난 사유思惟는 우리 문학에서만의 화두나 담론은 아닐 테지. 존재와 소멸의 섭리를 존중한다. 그러나 자기 운명은 자기도 모른 채 머물다가 지나가고 또 다가온다. 이를 거역하지 못하는 연약한 인간들이 자신의 작은 이익을 위해서 오늘도 아우성이다. 우리 인간들은 오욕伍慾에서 헤매는 어리석음으로 일생을 허비하면서도 자신의 성찰을 외면하면서 살고 있다.

　이제사 철 늦은 철이 드는구먼. 그러니까 인생을 진지하게 영위할 필요가 있는 거 아닌가. 그런데 내 주위에서는 왜 자주 부음訃音이 들리는지.

　−《심상》 2014. 1월호

나와 너의 장법 · 14

또 해가 바뀐다. 즈믄 해가 어언 13년이 지나고 2014년을 맞는다. '年年有餘'라고 연하장을 쓴다. 해마다 넉넉하라는 말이다. 새해가 되면 통상적으로 '새해 복 많이 받으세요'라는 인사말을 전하지만, 노년 세대는 '送舊迎新'이니 '謹賀新禧'라는 인사를 전한다. 좀 낡았나? 아니지 고풍스런 멋을 붓으로 담아 새해의 향기로 날리는 고전을 그리워하는지도 모른다. 시간이 지나가면서 을씨년스럽게 뿌려대는 성찰과 기원의 의지는 엄동설한의 세모와 입춘을 기다리는 신년의 메시지와 겹쳐지는데 일출을 맞기 위해 차거운 걸음으로 동쪽 바다로 향한다.

이봐, 얼른 새로운 목표를 향해서 정갈한 심연深淵으로 합장하고 기도해야지. 그래야 성취의 환희가 시간과 함께 도래할 것이니까.

－《수필문학》 2014. 1 · 2월호

나와 너의 장법 · 15

　물도 꿈을 꾼다. 흐르면서 머물면서 혹은 떨어지면서 빨주노초파남보 영롱한 꿈을 펼친다. 햇살에 증발하여 빗물이 되고 더러는 스며 다시 옹달샘에서 새 생명으로 탄생하는 불멸의 환영幻影으로 흐르지만 종내에는 원대한 바다에 이르는 환희를 예감하며 쉬지 않고 흘러간다.

　잔잔한 호수가 되랴. 성난 파도가 되랴. 굽이굽이 소용돌이치는 이 세상에서 시류時流를 동행하는 성취의 수로水路는 없는 것인가. 아아, 네가 간구하는 생生의 정도正道는 시간과 공간이 여하如何히 융합하는가에 대한 조용한 실천의 행로와 같으리라. 무정세월약류파無情歲月若流波라. 한생이 어느덧 물거품이 되지 않기 위해 무한의 사유와 노력이 그래도 수변水邊에서 수수로이 일렁이누나.

　－《국보문학》 2014. 7월호

나와 너의 장법 · 16

누군가 인생은 연극이라고 했다. 그 연극의 주제는 무엇이며 구성은 어떠한가. 그 연극에서 내가 맡은 배역은 주연인가, 아니면 단역으로 끝나는 일회용인가. 지금까지 숨 막히게 살아온 번민의 세상, 꿈만 꾸면서 날아온 환상의 세계, 어떤 무대에서 무슨 역할로 한생의 막을 장식할 것인가. 관객들의 박수는 들리지 않아도 좋다. 내 시야에서 흔들리는 조명등의 조도照度는 어쩌지 긴 침묵 속 기원의 몸짓으로 남았다가 그냥 불이 꺼지고 막이 내려지는 것인가. 이것 봐, 무슨 그런 해괴한 상념을 아직도 삼키고 있나. 망망대해나 광활한 대지를 보거라. 거기에 그려져야 할 생명의 구도는 무엇인지 골똘하게 사유해보라. 알았네. 너는 항상 내 그림자라고 자처하면서 내 정서의 지향점까지 조종하려는 후견인인지, 그래 암, 그게 삶이 아니겠나.

　　－《뉴에이지》 2014. 여름호

나와 너의 장법 · 17

입춘 우수 경칩 모두 떠나보낸 뒤 창문 열고 앞산에서 펼쳐지는 생기를 응시한다. 갑자기 봄비가 내리고 잠들었던 겨울나무들이 일제히 웅성인다. 만유의 새 생명들이 기지개를 켜는 활기 넘치는 계절의 향훈이 나의 내면 깊숙이 번진다. 봄 햇살 한 아름 안고 응시하는 대지의 싱그러운 향연에 심호흡을 하고 아아, 신비로운 생명력이여, 나는 계절의 섭리에 순응할 것인가, 역행할 것인가, 칠십 년을 지나온 주름살을 헤아리고 있다.

너는 또 감상에 흠뻑 젖어 시간을 원망하지만 저기서 성큼성큼 다가오는 신록의 왕성한 생명들 풍광에 넋을 잃었구나. 그렇다. 나의 뇌리에 깊게 스며든 인생론 몇 줄의 문자가 어디론가 두둥실 구름으로 떠가고 있다.

－《문학예술》 2014. 가을호

나와 너의 장법 · 18

    고향 성묫길 뒷산에 버려진 묵정뫼 한 쌍 무상無常하다. 자손들이 버렸나, 묘를 잊어버렸나, 잡초와 나무줄기로 엉켜 형태를 알 수 없는 세월의 흔적. 몇백 년을 지나면 저렇게 버려지는 무덤. 그도 한을 야무지게 살았을 과거의 열정이 낡은 무덤에 덮여 양지쪽 햇살 쪼이면서 잠든 지 오래다. 오늘은 누군가 나를 찾아오지 않을까 먼 들판 동네 어귀를 내려다보고 있었으나 빈 바람만 한 줄기 지나간다. 아마도 나를 잊은 지 오래된 자손들만 남았는가 보다.

    그래서 지금부터 사후死後가 걱정되냐. 몇십 년 후 육신과 영혼이 분리된 저승의 한 골짜기에서 나도 저렇게 양지쪽 어딘가에 누워서 찾아올 후손을 기다리겠지. 기다리다가 지쳐 구분舊墳으로 잡초에 묻혀 오랜 세월 잊혀져 사라지겠지.

    -《문학예술》2014. 가을호

나와 너의 장법 · 19

하나뿐인 아우의 부음을 받았다. 순간에 스스로 전신이 무너지는 듯한 아찔함을 경험한다. 지지리도 복 없는 일생을 마치는 그의 영혼은 이제 육신의 고통을 모두 훌훌 내던지고 안식을 취한다. 며칠 전 마지막 문병을 그냥 눈짓으로만 교감하던 몰골은 그동안의 병마가 전해주는 한 생의 마감을 위한 예비된 묵언이었나.

그렇다. 신성한 한 생명이 꺼져가는 촛불처럼 흔들릴 때, 마주했던 눈길마저 돌리면서 아아, 생고生苦, 노고老苦, 병고病苦, 사고死苦의 사고四苦에서 벗어날 수 없는 인생의 행로를 순명으로 받아들여야지. 너는 또 거든다. 어이 여보게 친구, 그쯤의 나이가 되고 형과 동생이 유택幽宅으로 먼저 떠나면 애석하지만, 그런 순리는 생물의 인생관으로 수용해야지 않겠나. 그러나 형제애도 없이 살아온 무정無情의 한생이 허망하기만 한데.

－《서울문단》 2014. 가을호

나와 너의 장법 · 20

　기원이 하나 있다. 2014년에 반드시 성취해야 할 일생의 염원이다. 그것은 공상이나 허망이 아니다. 그동안 문학을 위해 쌓아온 업적을 내세우는 건 아니지만 그 주변에 얼쩡거리면서 교감한 문학과 문인들과 문단의 애환은 한 생애를 바쳐온 결실이 아니겠는가. 그렇다. 그것이 시와 인생의 알찬 보람으로 살아온 열정과 투지가 이때쯤에서 투영되어야 한다는 소망이다.

　그래, 그것이 필생의 염원이라면 한번 출사표를 던져볼 만한데 워낙 문인도 문단도 여의도 정치판으로 변할 염려가 있어서 경계해야 한다네. 인격과 인간이 진실로 표현되고 글의 위의威儀를 살려서 새로운 가치관을 정립하려는 문학의 기능을 자신의 과시용 도구로 활용하려는 무리들을 멀리해야 한다네. 더구나 시인의 인人 자를 깊이 새겨야 해.

　－《한강문학》 2014. 10월호

2부

나와 너의 성찰＝독백

나와 너의 장법 · 21

청탁해 온 시집 해설을 쓰기 위해서는 작품을 열 번 정도는 읽어야 한다. 그 사람의 작풍作風에서 상황 설정과 전개를 통해 발현하려는 어조를 정확하게 파악하고 그가 탐색하려는 주제의 의도를 추출해야 하는 어려움이 있으니 말이다. 대체로 그 작품에 흐르는 의식을 추적해보면 지금까지 살아온 인생 체험을 근간으로 하여 재생된 상상력이 이미지로 창출되고 주제로 투영되는 시법이 대종을 이룬다. 거기에는 아픔이 있고 흐느낌이 있으며 종내에는 눈물이 있었다.

아아, 한생을 살면서 눈물 없는 세상이 어디 있었던가. 시대가 암울하여 삶 전체가 너무 가혹한 현실의 모순들을 견뎌오면서 쏟아낸 울분과 그 분노를 참아온 인내가 쌓여 한 줄의 호소나 절규로 다시 형상화해서 밤하늘 별빛으로 영롱하지 않았던가.

그래, 그 시집에는 한 시인의 순정적인 진실만 질펀하게 충만해 있음을 알아야 해.

－《한강문학》 2014. 10월호

나와 너의 장법 · 22

　세월호가 물속에 잠겨 있다. 그 속에 함께 잠긴 영혼들이 차갑게 물속을 떠돌고 있다. 누가 그 어린 생명들을 깊은 어둠의 세상으로 무섭게 내던졌나. 기쁘게 떠난 수학여행길에 차오른 바닷물은 순간에 아비규환阿鼻叫喚의 참상으로 일렁인다. 아아, 끝까지 살아 있기만 해다오. 기도와 눈물이 노란 풍선으로 휘돌고 모두의 가슴 가슴에 노란 리본으로 생명을 기원하지만 우리의 허탈은 아직도 끝나지 않았다.

　불감증의 시대를 사는 우리들 오호애재嗚呼哀哉라, 팽목항에는 오늘도 비가 내린다. 아직 눈감지 못한 앳된 얼굴들이 흘린 눈물일까. 독선과 탐욕으로 비명에 간 한 사내가 내리는 참회의 빗줄기인가. 왜 이제사 이런 글을 쓰는가 너는 나에게 묻고 싶은 거지. 그래, 세상이 하도 삭막하니까 작은 아우성이나 조그마한 절규를 듣지 못하는 눌청증訥聽症 환자들만의 세상에서는 잠시 침묵하는 것도 좋지 않겠나.

　─《계절문학》 2015. 겨울호

나와 너의 장법 · 23

이비인후과 동네 병원엘 갔다. 독감과 폐렴 예방주사를
접종했는데도 기침이 심하고 목이 아프다. 이젠 기계 하나
가 연륜이 지나면서 고물이 되듯이 면역력과 저항성이 낡
아 있는 것인가. '주사 한 대 맞고 처방약을 드시면 곧 좋아
질 겁니다'라는 젊은 의사의 말을 믿지 않을 수 없다. 콜록
거리면서도 바깥 찬 바람 속을 바쁘게 다니면서 무엇인가
소임을 완수하려는 사람들 틈에서 나도 콜록거리고 있다.

아아, 이 세상에는 면역되지 않는 사람들이 우글거리고
그들이 퍼뜨린 세균이 온 천지를 황폐하게 만들고 있다.
그렇다. 너는 병원을 찾는 일보다 그 균이 침범하지 않도
록 예비해야 되지 않을까. 너는 육신의 병이 마음에까지
침노하면 이미 폐허가 된 벌판에서 절규하는 작은 풀잎의
비애를 상상하지 않겠나. 연약한 인간들이 작은 육신의
병도 치유하지 못하는 비극이 정신마저 혼미하게 흔드는
위험한 세상에서 병원 문을 나선다.

　－《심상》 2015. 6월호

나와 너의 장법 · 24

한 사물에 착목하면서 심저에 가득 쌓인 사유와 정서를 접목시킨다. 외적인 사물에서 취택하는 시적 발상이나 주제의 투영은 나의 체험이 정서로 오욕 칠정에서 유발하는 시적 이미지가 진정한 나의 진실로 발현되고 있는지 항상 의심스럽다. 오오라, 그러니까 많은 체험을 축적해야지. 그 사물과 평소에 교감한 추억이랄까 아니면 오래전에 겪었던 눈물이 그 사물에서 주르르 흘러내리는 심경心境 그것이 바로 네가 갈망하는 영혼의 진실이라는 사실을 명심해야지. 어허, 또 간섭이군. 어쨌거나 내 곁에서 채근하는 너의 세설細說을 충실하게 경청해야 시적인 상황이 전개되거나 명징한 주제가 공감을 할 테니까.

시는 곧 체험이다. 네가 살아온 과거, 현재, 미래의 시간성이 어떤 공간에서 어떻게 너의 온몸을 휘감는 사건들로 재생되었느냐. 거기에다 너의 지적인 사유를 명민하게 융합하는 시법이 좋은 시라는 점을 항상 새겨두어야지.

—《문예사조》 2015. 12월호

나와 너의 장법 · 25

유구무언有口無言이라는 말을 절실하게 떠올린다. 어쩌다가 난장판에 휩싸여 수난을 당했는가. 지금은 자성하고 있다. 부덕과 부족을 망각한 채 자만과 맹신에서 헤어나지 못하고 그 적막한 불길에 뛰어들어 온몸과 마음에 화상을 입고 만신창이로 낙상落傷의 고배를 마시는 우울에서 할 말을 잊었다. 조용한 숲 속에 정좌靜坐한다. 물소리 새소리가 위안의 언어를 전해준다. 살다가 보면 삶에 오류나 하자가 있는 법, 크게 상심하지 말라는 조언들이 꿈에서도 들린다. 어허, 그러게 돌다리도 두들겨보고 건너라는 옛 속담이 있지 않은가. 그 난장판을 건너가려는 너의 순정은 이미 난장판에서 좌절하는 이 삭막한 지상에는 청정한 유성流星이 빛도 없이 사라지는 어둠 속에서 너의 몰골은 굳어버린 채 어이, 친구들 미안하이, 태양은 다시 떠오른다. 새롭고 맑은 세계의 중심으로 도약하는 자정自淨의 무지개를 흡인하고 있었다.

－《울산중구문학》 2015. 가을호

나와 너의 장법 · 26

메르스라는 괴질이 한반도를 위협하고 있다. 진원지가 어디인지 무엇으로 감염되었는지 모른다. 다만 중동쪽 낙타가 원인이라는 막연한 해명이 의료 전문가들에게서 들린다. 발병한 사람들이 입원시키거나 방문해서 접촉한 환자들이 양성으로 판명되면 격리 입원하거나 수용하는 사회적인 큰 혼란이 따르고 있다. 하루에 몇 명이 확진 판정을 받고 몇 명이 사망했다는 보도에 모두들 불안해서 모임이나 행사들을 취소하거나 연기하고 출입을 자제하고 있다. 문제는 어려운 경제가 다시 위축되는 위기가 동행하는 현실에서 국가정책이 긴장하고 있다. 방역 당국의 강력한 대책이 없다느니 발병 병원의 안일한 대처라느니 원망의 소리가 들리지만 보라, 헌신적으로 치료하거나 간호에 전념하다가 자신이 감염되는 줄도 모르고 자신이 환자가 되는 회생정신이 바로 우리 인간들의 참사랑이다. 너는 이제야 알았나. 황망한 들판에서도 순정한 꽃 한 송이 피우려는 아름다운 사랑이 있다는 것을.

－《심상》 2015. 6월호

나와 너의 장법 · 27

이런저런 일로 쉬었다가 다시 시 창작 강의실에 섰다. 시인은 새로운 언어를 만들어 사용해도 괜찮으냐는 것이다. 아무렴. 박목월 시인도 '청노루'를 만들어 썼다. '靑노루 / 맑은 눈에 // 도는 / 구름' 그 얼마나 애틋한 눈과 구름의 조화인가. 또 그는 '적막한 식욕'이란 말도 썼다. '쓸쓸한 飮食이 꿈꾸는 食慾 / 또한 人生의 참뜻을 짐작한 者의 / 너그럽고 넉넉한 / 눈물이 渴求하는 쓸쓸한 食性'. 대시인의 조어는 이미 우리 맘속에 깊이 삭여져서 이해가 되지만 자칫 잘못 만들면 조롱거리를 면하기 어렵겠지. 일상어와 시어를 특별히 구분할 이유가 없음을 잘 알고 있는 오늘에 인터넷에서 마구잡이로 횡행하는 조어는 공해가 아닐는지. 아아, 이제야 시가 어째서 언어의 예술인지 눈치챘겠구면. 내가 그렇게 어눌한 시작詩作 행위로 어찌구하는 것을 너는 왜 침묵하고 있었나. 그래도 강의실에는 적절한 한 개의 단어를 찾는 시인 지망생들의 진지한 눈빛이 초롱초롱하였네.

　－《한국작가》 2015. 가을호

어릴 때 들어본 '품앗이'라는 말이 새롭게 나의 뇌리에 스친다. 아버지와 동네 사람들이 자주 쓰던 정다운 우리말이었다. 어느 날 모내기가 한창일 때 학교에서 돌아왔더니 우리 집 앞 서 마지기 논배미에 온 동네 사람들이 엎드려 못줄을 넘기면서 '모야 모야 파랑 모야 언제 커서 열매 열래' 노래까지 흥얼거리고 있었다. 오늘은 우리 논에 내일은 박 서방네 논에 서로 돌아가면서 부족한 일손을 보태고 있었다. 아름다운 인정이 넘치는 풍경이다. 옛날에는 이렇게 공동체로 살아가면서 협동심으로 농사를 지었다. 얼마나 슬기로운 일인가.

너는 무지개로 빛나는 우리말을 이제사 들춰내는 이유가 무엇인가. 언젠가 원로 시인이 '귀하는 국어사전을 몇 번 읽고 시를 쓰는가?' '네?' 의아한 대답이었으나 언어의 부족은 시 창작에 절대적인 결핍 요인이 된다는 것을 깨닫지 못했을까. 나의 우둔은 '품앗이'의 발견으로 파란 들판에서 벼 이삭처럼 영글고 있겠지.

―『PEN 기념문집』 2015. 9월

나와 너의 장법 · 29

보름달이 떴다. 초승달에서 반달을 거쳐 지금 둥글고 인자한 네 모습으로 성숙하기까지는 각고刻苦의 시간이 필요했으리라. 몸부림치며 스스로 돌아돌아 또 우주의 뭇 별들과 함께 먼 거리를 유영하면서 오늘 이 지구의 한쪽을 내려다보고 있느냐. 너는 그리움이다. 아니 어머니의 애 잔한 눈물이다. 중천에 떠서 우리들 가슴에 녹아내린 기 원이다. 시간과 공간이 칠십 해를 넘어 이제 만날 수도 없 는 어머니의 모습으로 밤하늘을 환하게 손짓하고 있다. 찌들었던 삶의 여정은 은하계에 흘려보내고 오로지 따스 한 정심情深의 눈빛이 이 지상으로 뿌려지는 어머니의 혼 백이 나의 이미지로 투영된다. 그래그래 보름달의 이미지 나 상징을 시인들의 심저에서 어머니로 분화分化하는 시 법을 잘 활용하는 것이 너의 장기가 아니더냐. 그래 나는 누구에게 달이 될 수 있을까. 너는 달에게 무엇이 될 수 있 다고 믿느냐. 그 해답을 찾아서 70여 년을 헤매고 있다.

―《계간문예》 2016. 봄호

나와 너의 장법 · 30

평소에 보고팠던 고구려 유적을 찾아 중국 땅 집안集安으로 갔다. 고구려의 옛 수도 국내성에는 잡초만 우거진 채 황량한 칠월의 더운 바람만 휑하니 지나가고 있었다. 광개토대왕릉은 무너져 내리고 비석은 유리로 막아 사진 촬영도 금지다. 우리의 역사를 저들이 입장료 받아 챙기면서도 자유롭게 관람이 어려운 현장에서 씁쓸하게 돌아서고 있다. 아아, 그들은 동북공정東北工程이란 미명 아래 자기들의 이익을 위해 우리 역사의 뿌리를 왜곡하고 있는데—

글쎄나. 우리의 역사의식은 어디까지인가. 언젠가는 국사를 선택과목으로 해서 우리의 역사를 알지 못하는 무지의 세계로 몰아버린 대통령도 있었다마는 아아, 암울한 의식의 국민들은 무엇을 갈구하는가. 이봐, 애국자인 양 말하지 마. 자기의 땅, 자기의 역사, 자기의 유물을 팽개치는 의식의 부재 속에서 국내성의 잡초는 우리들 앞에서 오늘도 알 수 없는 언어로 웅성이고 있지 않던가.

—《문예사조》 2015. 10월호

나와 너의 장법 · 31

　중국으로 문학·역사 기행을 떠났다. 단동에서 동강 난 압록강철교를 돌면서 지근거리의 북한 땅을 건너다본다. 다시 유람선상에서 가까운 북한 땅 강마을을 본다. 민둥산 비탈밭에는 무엇이 자라는지 분간하기 힘들다. 간간이 보이는 초병들 어깨의 총은 누구를 겨누고 있는가. 헐벗고 찌든 생활은 하루빨리 통일이 되어야 한다는 가슴 뭉클한 기원만 압록강 물에 둥둥 떠가고 있었다.

　먼짓길을 달려 백두산 천지에 올랐다. 우리의 백두산이 아니라 중국의 장백산이었다. 천지의 장엄한 물을 세 번째 마주한다. '中朝國境線' 표지석을 사이에 두고 우리 땅과 경계를 이룬다. 서파 1442계단을 오르면서 우리 땅으로 가지 못하는 아픔이 땀으로 범벅된다. 아아, 민족의 한은 영원히 화해되지 않을 것인가. 이봐, 왕조시대의 제왕을 누가 설득하며 누가 제압할 것인가를 먼저 상상해봐. 그러나 아무 일 없는 듯 천지의 물은 맑게 일렁이고 있지 않는가.

　　―《문예사조》 2015. 10월호

나와 너의 장법 · 32

새벽부터 미영매미가 목청을 돋구어 맹맹맹 울어댄다. 어릴 적 산촌에서 청각으로 익숙해진 하절기 멜로디—마당 감나무 밑, 평상에 엎드려 여름방학 숙제하다가 새록새록 잠든 촌뜨기 애의 꿈결에서도 매미는 울어쌌다. 애야, 매미는 우는 것이 아니고 사랑을 부르는 노래란다. 아하, 그렇구나. 매미들은 사랑을 애타게 그리워할 때 목청 높여 노래를 부르는구나. 봄에는 얼음 녹는 개울물 소리, 가을에는 귀뚜라미 소리 이 모두가 사랑의 메아리인가.

쨍쨍한 햇발 아래 나락 여무는 소리 조근조근 속삭이는데 애벌 논매기로 논펄에서 땀 훔치는 아버지의 주름살도 풍년을 소망하는 노래인가, 아니다. 윤사월 보릿고개에서 쌓였던 근심 어린 눈물의 절규이다. 그래, 너는 가끔 감상으로 옛날을 회상하고 있구나. 아버지 시절부터 한으로 얼룩진 소리가 어쩐지 맹맹맹 들리는 듯 이 조그마한 가슴을 하루 종일 후비고 있네.

　－『심상 사화집』 2015. 가을

나와 너의 장법 · 33

추석이나 설 명절에도 고향을 찾지 못한다. 부모 생전에는 귀향길 어려울 때도 고향 품에 안겨 부모님께 문안 드렸는데 사후에는 성묘도, 묘제墓祭도 제대로 못 하는 불효의 한숨 소리가 사랑채 헛간에서 산짐승 울음으로 들린다. 고즈넉한 산촌 동네는 젊은이들 모두 도시로 떠나 텅 빈 채 촌로村老 몇 남아 고향 땅을 지키고 있다. 내가 자란 집터에는 잡초만 무성한데 처량한 달빛은 우수에 젖어 있다. 이제는 부모도 형도 동생도 모두 이승을 하직한 고향 앞산과 뒷산에는 묘막墓幕도 없이 부모의 묏등만 덩그러니 나를 기다리고 있다.

아하, 또 너는 향수병이 도지느냐. 산 위에 뜬 저 달을 보라. 들판에서 익어가는 벼 이삭을 보라. 돌담 사이사이 찍어둔 손자국을 보라. 좁은 골목길에 뿌려진 너의 언어를 들어보라. 온가족이 오순도순 마당 멍석에 모여 앉아 사랑의 보금자리에 채울 망향가를 높이 불러라. 오늘도 남향으로 기적汽笛이 흐르는 너의 불효를 씻기 위해.

－《문학공간》 2015. 11월호

나와 너의 장법 · 34

　감나무에 감이 붉게 물들고 밤나무엔 밤알이 쩍 벌어졌다. 황금색 들판 논둑길을 걸으면 우선 온몸이 풍년을 맞는다. 오곡백과가 무르익는 성숙의 계절, 아니 천지에 축복이 내리는 풍요의 계절, 오오 시화연풍時和年豐 풍악을 울려라. 풍년가 소리 지축을 흔드는데 거기에 동참하지 못하고 가을 타는 고독한 한 사내가 흐느끼고 있다. 가을에 져버린 낙엽은 어쩐지 쓸쓸하기만 하다. 아직도 우수憂愁의 시공時空에서 방황하는 철부지여. 가을비 젖어 뒹굴지만 그들의 땀내 나는 한 생애가 나를 붙들고 위무의 언어를 전한다. 문득 볏단 한 지게 짊어진 아버지가 지나간다. 그 뒤를 한 바구니 무엇인가 머리에 인 어머니가 따라가고 형이 소를 몰고 뒤따른다. 유년의 가을 정경은 한가로웠다. 이봐, 숙성하지 못한 인성의 연약한 그 시간과 탈각脫却하지 못한 자성의 비창悲愴이 감알로 혹은 밤알로 대롱대롱 매달려 밟힌 낙엽의 헛헛함에 눈시울 적시고 있나. 이제 제발 좀 깨어나라.

　－《문학공간》 2015. 11월호

　　오르페우스의 리라 연주가 들려온다. 천지를 감동케 하는 사랑의 선율이다. 이런저런 사유로 이미 명부冥府에 가 있는 사랑하는 아내 에우리디케를 구출하기 위해서 각고의 고통에서도 리라를 반주하면서 '지하의 신들이여!…… 그녀를 돌려주십시오. 만약 거절한다면 저도 죽겠습니다. 두 사람의 죽음을 눈앞에 놓고 승리의 노래를 부르십시오.' 명부의 왕 하데스의 허락으로 아내를 만났으나 '지상에 도착할 때까지 그녀를 돌아보지 말라'는 조건을 어겨서 다시 그녀는 끌려 들어갔다. 오르페우스의 통곡과 리라의 음률도 아무 소용이 없었다. 아아, 소중한 사랑의 실천을 위한 사투死鬪가 헛되는 날 실망과 저주는 어떠했을까. 너는 사랑을 위한 한 토막 신화일 뿐이라고 가볍게 흘려버리지는 않겠지. 황금찬 시인은 '오! 나의 사랑 / 에우리디케 / 나는 지금 그대에게 편지를 쓴다우 // 구름이요 / 바람이고 / 가을 빗소리'라고 노래했다. 그 애절한 리라의 선율은 영원히 들리지 않을 것인가.

　－《순수문학》 2015. 11월호

나와 너의 장법 · 36

에피메테우스(프로메테우스의 동생)의 판도라 상자에 남아 있는 '희망'을 꺼낸다. 그 속에 들어 있던 무수한 재액들이 튀어나와 우리 인간들을 괴롭히지만 그 희망이 우리를 구원할 것이라는 믿음은 여전히 유효하다. 육체의 질병, 정신의 환란들이 온 세상을 지배하고 인간들은 고통에 휩쓸려 그 시련을 감내하는 불치不治의 시대에서 내 친구 정희수는 췌장암으로, 송명진은 간암으로, 이기애는 혈액암으로 이 세상을 떠나는 불운의 바람이 저쪽 저승으로 불고 있다. 에피메테우스여, 그 상자를 열지만 않았더라도 우리의 질병과 질투, 복수, 전쟁, 파괴 등의 화禍는 없었을 것. 그러나 희망이 마지막까지 남아 있어서 참으로 다행이 아닐 수 없네. 제우스에게 돌려줄 수도 없는 상자, 그래 신들은 인간들을 괴롭히기 위해 재난을 주고 희망을 주는, 그래그래 그 요물의 상자를 지금까지 열지 않았다면 인간은 어떻게 되었을까, 미지의 신화여.

−《순수문학》 2015. 11월호

강릉 김동명문학관을 찾았다. 뒤편 나무숲에서 바람이 불고 '내 마음은 호수요 / 그대 노 저어 오오 / 나는 그대의 흰 그림자를 안고, 옥같이 / 그대의 뱃전에 부서지리다' 그의 '내 마음은'의 선율이 흘러나온다. 어쩐지 조금은 구성지다. 아아, 한 시인이 남기고 간 진정한 감응의 한 장면이 유성처럼 지나간다. 그의 손때 묻은 원고지와 시집들 그리고 회중시계와 코트 등은 아직도 서재에서 그 숨결이 풍겨 나와서 그의 체취를 느낄 수 있었다. 복원된 생가에는 호롱불과 읽던 책 한 권이 그의 시혼을 불러들이고 벽에는 검정 두루마기 하나 고독을 여미면서 걸려 있는데 그가 어린 시절 예민한 감성을 일깨웠던 호수와 바다, 나무, 바람, 하늘과 별들이 '김동명언덕'에서 일렁이고 있었다. '내 마음은 燭불이오' 그리고 나그네이며 낙엽이었던 호젓한 그의 밤이 영원으로 이어지는 여기, 그래, 너는 또 '황혼같이 화려한 방황을 즐기기 위하여' 호수를 헤매면서 자연과 민족을 사랑한 그의 영혼을 닮으려고 고뇌하

는 것이겠지? 다만, 한 시인이 살다가 간 발자취에서 그의
맑은 숨결을 음미해보는 것뿐일 테지? 암, 그렇구말구지.
그래서 강릉이 좋다는 것이지.

　　－『한국시협 사화집』 2015

나와 너의 장법 · 38

누군가 이 황량한 가을 홀로 걷는 밤길에 '기러기 울어 예는 하늘 구만리 / 바람이 싸늘 불어 가을은 깊었네 / 아 —아— 너도 가고 나도 가야지' 박목월 시인의 '이별의 노래'를 애절하게 바람 따라 들려준다. 사랑은 아픈 것인가. 목월 시인이 사랑했던 여인은 헤어지면서도 울지 않았다. 그곳에는 원효로의 유익순 사모님의 인자한 얼굴과 따스한 사랑의 속삭임이 있었으니—목월 시인은 눈물을 훔쳤다. 거기에는 사랑과 용서가 원효로에서 멀리 제주까지 가을바람에 감싸 돌고 있었다. '한 낮이 기울며는 밤이 오듯이 / 우리의 사랑도 저물었네' 아아, 사랑을 위해 아니 진정한 용서를 위해 혜휼惠恤의 향기가 다시 흐른다. 이별은 아프다. 너는 아픈 이별이 있느냐. 홀로 밤새도록 울면서 이별과 용서의 화해를 위해서 아파해본 일 있느냐. 너는 또 사랑과 이별에 대해서 나에게 묻느냐. 지금 여기는 목월 시인도 유익순 사모님도, 그토록 사랑했던 그 여인도 없었다.

－《계간문예》 2016. 봄호

지난날 육군 일등병 때 휴가를 나와 고향 집에서 가족들과 쉬고 있는데 웃담 박 서방 딸내미 영숙이가 시집을 간다고 온 동네가 떠들썩했다. 신랑이 도착하고 '주인은 영서우문외 읍主人迎婿于門外揖…… 신부 출新婦出', 신랑은 사모관대를 하고 신부는 족두리에 연지곤지 바른 채 혼례식이 시작되었다. '신부 재배. 신랑 답일배' 교배례 등이 홀기笏記에 따라 진행되고 '예필철상禮畢撤床' 모든 의식은 끝났다.

하루 종일 동네잔치가 계속되고 오랜만에 술과 고기가 가을을 흥건히 적시고 있다. 밤이 이슥하자 사랑방에 모인 청년들은 우선 단자單子를 보내어 한 잔씩 마신 뒤 신부 집으로 출동해서 신랑을 다루고 이내 축하 노래가 미치도록 이 밤을 춤추게 한다. 이미자의 '동백아가씨', 문주란의 '동숙의 노래'―산골짝에서 어떻게 이런 유행가를 익혔을까. 그때 나는 미성未成이었다. 그래서 너는 그 시절이 그리운 것인가. 세월이 아쉬운 것인가. 영숙이의 앳된 얼굴도 나처럼 늙어 있겠지.

―《PEN문학》 2016. 1 · 2월호

나와 너의 장법 · 40

동네에 초상이 났다. 군대에 간 형을 대신해서 상포계喪布契에 참여해서 상갓집을 도왔다. 상여가 지나간다. 나도 상두꾼에 끼어 있었다. 상여에 매달린 유해遺骸에선 여름 시신 냄새가 진동을 하는데 종구잡이의 구성진 상엿소리에 굴건제복 단정한 상주들의 곡성哭聲이 산천을 뒤흔든다. 명정銘旌을 앞세우고 뒤따라가는 '어여홍 어여홍 어와리넘차 어여홍' 상엿소리로 펄럭이는 만사輓詞에는 북망산천 가는 길 서럽고 눈물 나는 애절한 글귀가 펄럭이고 있었다. '이제 가면 언제 오나, 뒷산 고목 잎 피면 다시 올래' 한 생명을 저승으로 떠나보내는 의식도 장엄하다. 그러나 요즈음은 이런 장례 절차를 보기 어렵다. 너무 간소하다. 설령 상여를 메고 장지에 도착한다 해도 종구잡이와 상엿소리는 없다. 그냥 화장장에서 한 줄기 연기로 날려 보내는 아, 이 시대의 주검들—아니, 세상이 발전할수록 우리 고유의 풍속도 변하는 속도가 너무 빠르군. 영혼이 안식할 수 있을지 모르겠네.

　−《문학공간》 2017. 8월호

3부

나와 너의 장법

나와 너의 장법 · 41

고향에 살고 있는 친구에게서 편지가 왔다. 가을 수확을 하면서 풍년을 알리는 농촌의 흙 묻은 글이었다. 누렇게 익어가는 그의 논에서는 허수아비가 춤추면서 풍년가를 부르고 뒷골 이랑 밭에서는 고구마 감자 옥수수가 한창이라 바람 좀 쐬러 한번 와서 맑은 공기 마시고 농주農酒 한 잔으로 옛이야기 꽃피우지 않겠나. 암, 가야지. 가고말고. 고향 등진 지 오래고 이제 부모 형제도 이 세상에 없으니 발길이 뜸해졌구먼. 휘영청 달빛 밝아지면 아련하게 다가오는 고향 산 그림자 아래 펼쳐지는 그 추억들 아아, 나도 편지를 쓴다. 친구야, 어쩐지 너의 흙냄새가 그리워 잠들 수가 없구나. 거기엔 젊은이들이 모두 객지로 훌훌 떠나가고 남아 있던 또래들도 하나둘씩 저승행 꽃가마를 탔다지. 그래서 이제 혼자 논필에 덩그러니 앉아서 무엇을 기다리고 있는가. 햇살 점점 엷어지고 저 멀리 복잡한 도심 어딘가에서 함께 늙어가는 무심한 친구 나에게 또 편지를 보내고 있구먼.

－경남문학관 전시 2015. 10월

나와 너의 장법 · 42

작은사슴섬 소록도에 갔다. 옛날엔 녹동항에서 뱃길로 갔었는데 지금은 소록대교를 건너면 적막한 경관이 눈길을 모은다. 한센병 환자들의 애환이 들리는 듯 어디선가 문득 한하운 시인의 '보리피리 불며 / 인환人寰의 거리 / 인간사 그리워 / 피-ㄹ 닐니리' 한 서린 낭랑한 음성으로 바람에 날려 오는데 오늘따라 한 인생의 일생이 서글퍼지는 것은 웬일일까. 아련히 묻어난 순수가 운명을 거스른 한 생애에 눈물로 번진다. 구라탑 앞에서 이들의 고통을 잠시 묵념하고 공원 안에 편히 누워 있는 '한하운 시비—보리피리'를 감상한다. '보리피리 불며 / 방랑의 기산하幾山河 / 눈물의 언덕을 지나 / 필-ㄹ 닐니리' 천형天刑의 환란에 좌절하고 고립되었던 한하운 시인은 먼 길 떠나고 없었다. '낯선 친구 만나면 / 우리들 문둥이끼리 반갑다'던 '전라도 길—소록도 가는 길'엔 그의 영혼만 숨 쉬고 있었다. 거봐, 진작 와서 이들의 애환을 듣는 체험을 했어야지. 너무 늦게 찾아왔는가? 침울한 적막만 오래 깊다.

　　—『착각의시학 사화집』 2015

나와 너의 장법 · 43

합천 해인사 주련柱聯에 '靜聽魚讀月'이라는 글귀가 있다. 물고기가 달을 읽어? 또 그 읽는 소리를 고요함 속에서 듣는다? 이 글이 시가 아니고 무엇이겠나. 그 후 해인사 계곡 숲을 걸으며 한 떼의 피라미들이 한가롭게 노니는 맑은 도랑물에서 한 편의 시가 나뭇잎과 함께 둥둥 떠다니는 광경에 넋을 놓았다. 마침 멀리서 독경 소리가 가야산을 뒤흔든다. '마하반야바라밀다'를 듣는 피라미들이 미동을 멈추었다. 하얀 달밤에 자주 행하던 모습이다. 달빛이 나뭇가지 사이로 어른거릴 때 그들은 정숙한 성찰을 몰입하고 있었다. 그래그래. 이 풍진세상의 오욕에서 헤어나지 못하는 중생들아— 언제쯤 저 달이 들려주는 한 줄의 환희를 읽을 수 있을까. 그리하여 나옹선사의 명시名詩대로 구름처럼, 바람처럼 살다가 갈 수 있겠나.

　－《계간시원》 2016. 가을호

나와 너의 장법 · 44

　서울 서대문구 연희동에서 한 삼십 년을 살았다. 궁동 공원 산번지 시민아파트에서 출발하여 연립주택, 단독주택을 돌아다니면서 월세를 살다가 전세로 옮겼다가 겨우 초가삼간 한 채 장만하여 보금자리로 정착했다. 와─ 좋은 동네 산다. 집들이 대궐처럼 큰 부자 동네에다가 대통령이 두 분이나 살고 있어서 도둑은 없겠다. 와─ 부럽다. 그래. 조용해서 내가 살기에 알맞다. 정남향 집에 겨울 햇살이 실내에 가득하다. 작은 마당에는 대봉시 감나무와 살구나무, 모과나무, 단풍나무, 사철나무들이 화초와 어울려 사계절의 향기를 알려준다. 틈나면 궁동산을 오르거나 홍제천을 걸으며 인간의 의식주가 얼마나 소중한가를 떠올린다. 리어카로 옮기다가 용달차에 싣다가 이삿짐센터를 이용하던 연희동 삶이 이제 일흔 고개를 넘어가고 있는데─지금은 자식들도 분가하고 한적한 여숙旅宿에서 시흥詩興에 빠졌으니 너는 행복한가.

　─《심상》 2015. 11월호

나와 너의 장법 · 45

연희동 홍남교에서 남쪽으로 월드컵경기장까지, 북쪽으로는 유진상가까지 홍제천을 왕복 두 시간 정도를 산책한다. 가끔 마포농수산물도매센터에 들러서 내가 좋아하는 반찬, 간장게장과 창난젓갈을 사기도 하고 인왕시장 난전에서는 순댓국에 소주 한 병을 홀짝이다가 알 수 없는 상념에 잠겨보지만, 바쁘게 삶의 열정이 넘치는 시장 풍경에 넋을 잃기도 했다. 더러는 상심傷心을 달래면서 눈물도 많이 흘렸다. 홍제동 흔맥문학사에 들러 '가을이 오면 서럽다'는 이창년 시인을 만나 또 소주를 마신다. 이 시대의 마지막 낭만주의 시인을 마주하면 고향 황강의 구수한 색깔이 솟아나고 그의 눈빛에서 인자한 시정詩情을 전신으로 감전한다. 아아, 살아가는 일들이 홍제천 물길 따라 산책하는 일과 같은 것, 이제 서서히 그 물줄기가 유속流速을 조절하는 나이─그래서 너의 불면증도 도지는가.

　─《심상》 2015. 11월호

나와 너의 장법 · 46

 간밤에도 꿈을 꾸었나? 연희동 산번지 시민아파트 15동 103호 골방에서 연탄아궁이 불을 갈아 넣으면서 심한 기침을 하던 날 새벽, 대학 노트에 빼곡히 낙서로 잠자던 글들이 와와 꿈속을 떨치고 나와 내 가슴팍을 후빈다. 아직도 깨어나지 못한 꿈, 마법에 걸린 시몽詩夢이 밤마다 나를 괴롭히는데 아아 그 미숙한 영혼은 손사래 치면서 달아나지만 그것을 떨쳐내지 못하는 심사心思는 악몽이었느니. 그 악몽이 머물던 자리에는 낯익은 잡풀들만 휑하니 우우 바람 따라 일렁이고 있었네.

 언제부턴가 시민아파트, 시범아파트 모두 헐어서 공원으로 변해 우리들 휴식 공간으로 아늑하지만 무엇인가 잃어버린 듯한 시간의 잔해가 나를 붙잡고 있다. 시간과 공간은 저렇게 변했는데 오로지 시를 향한 시인의 한생 처절한 발자국만 산번지 공터에서 구름으로 떠 있었네— 그래도 너는 아직 꿈을 깨지 못했는가.

 −《심상》 2015. 11월호

나와 너의 장법 · 47

    신촌로터리에서 마을버스 04번을 타고 연희동 집으로 온다. 연세대 정문을 거쳐서 동서한방병원 지나 외환은행 사거리에서 좌측으로 돌면 빵굽터, 자림한의원(작년까지는 순천내과였다) 그 앞에 사러가슈퍼가 있다. 거기에서 내려 천천히 걷는다. 연희동 명물 연희김밥집을 지나 서연중학교 앞 오거리 마트에서 조금만 직진해서 좌회전하면 우리 집이다. 연희로 11사길 16-4. 우편번호는 03701. 황구黃狗 한 마리 대문에서 꼬리를 흔들고 갖가지 꽃들이 철 따라 피는 마당을 지나서 현관문을 열고 집 안으로 들어선다. 몇 해를 들락거리며 삶의 애환을 느꼈는가. 절망과 인내와 용기를 함께 가슴으로 삭이면서 살아온 세월이 여기에서 숨죽이고 있다. 아아, 내 생애에서 얼마나 많은 눈물을 이곳에서 흘렸을까. 이제 아들딸 모두 내 곁을 떠나 새로운 자신들의 삶을 꾸리고 아내와 달랑 남아 여생을 나누는데.

    －『문예사조 사화집』 2016

나와 너의 장법 · 48

이제 환시患詩 몇 편을 써야겠다. 무지막지하게 쏟아부었던 술과 담배가 만병의 근원이라는 진실을 아직 이해하지 못했을 때 자탄自歎과 분노를 풀어 밤새도록 영육을 적셨던 어느 날 참이슬 두 병, 담배 세 갑과 그동안 겹친 피로가 폭발했는지 담배 피우던 손이 흔들리고 말이 어눌해지자 급히 아들의 승용차를 타고 동서한방병원→강북삼성병원 응급실에 도착, X-Ray 촬영을 하고 입원했다. 참으로 이상한 일이다. 어디에도 고통을 느낄 수 없는데 말을 할 수가 없다. 시각과 청각은 아주 또렷했다. 병실에 누워다른 환자들의 신음을 들으면 아아, 신체의 조그마한 한부분이라도 소홀히 다루어서는 안 되겠다고 이제사 눈치를 챘는가. 그러니까 술도 담배도 모두 끊어. 한 번 주어진생명인데 아주 소중하게 다스려서 천명天命을 다해야지않겠나.

　-《문학공간》 2016. 11월호

나와 너의 장법 · 49

  선생님 치료가 날로 좋아져요. 약 잘 드시고 주사도 잘 맞으세요. 간호사가 쌩긋 웃으면서 지나간다. 그리고 가끔 걷기 운동도 열심히 하세요. 그 간호사의 뒷모습은 천사다. 채혈을 하고 돌아오면서 담배를 한 대 피우고 병실로 왔다. 또 담배 피웠군요. 회진 의사가 퉁명스럽게 쏘아붙인다. 그날부터 담배의 해독과 절연絶煙에 대한 의사의 호통 섞인 강의를 귀가 따갑도록 들어야 했다. 혈관이 막히고 혈전이 응고되어 혈압이 상승하고 고지혈의 염려가 모두 담배에서 비롯된다는 경이로운 사실과 함께 담배를 끊어야 살 수 있다는 구두 진단이다. 담배를 끊기로 했다. 여간 어려운 일이 아니다. 이침耳針을 맞고 금연 약을 먹고 붙이고 법석을 떨어도 어렵다. 아아, 담배로 인해서 죽을 수는 없겠거니 40년간 피워 물었던 유일한 기호嗜好를 어느 날 아침에 버렸다.

  −《심상》 2016. 11월호

나와 너의 장법 · 50

　나의 존재를 확인해본 일이 있는가? 몇 년 전부터 두 달에 한 번 정기검진을 받기 위해 강북삼성병원 신경과를 찾는다. 혈압도 정상, 혈당도 정상— 그런데 왜 병원에 와서 상담을 하고 혈압약, 당뇨약 등 약 처방을 받아서 매일 복용해야 하는지? 담당 의사는 말한다. 예방을 해야 큰 병이 침노하지 않아요.— 아아, 그렇구나. 넘어질 뻔했던 육신이 그 기능을 다할 때까지 부족하거나 혹은 넘치는 혈류의 향방을 잔잔하게 간추리는 생명 존재의 잠언. 신경과 병동에는 뇌졸중 환자들이 진료를 기다리면서 자신의 존재를 확인하고 있다. 너는 어떠냐. 반신이 마비되어 보행이 불편한 환자들과 섞여 있으면 아직 나의 존재는 건재함을 느끼지.— 담배를 끊으세요. 술을 줄이세요. 설탕 커피는 나빠요. 운동을 하세요.— 귀에 쟁쟁한 훈시가 나의 존재를 실감 나게 흡인하고 있다.

　—《문학공간》 2016. 11월호

또 앰뷸런스 소리가 요란하게 지나간다. 어휴, 가슴이 철렁한다. 누군가 중병이거나 사고로 다쳤나 보다. 어어, 거기 길을 좀 터줘요. 급하게 달려가야 귀한 생명을 구할 수 있을 텐데. 병원에 가보면 환자가 어찌 그리 많은지. 이 세상은 모두 치료를 해야 하는 위기에 도달했나. 육신의 병마도 문제이지만 영혼까지도 치유할 수 없는 아수라도阿修羅道를 살고 있는 듯하다. 환자복을 유니폼처럼 입고 주삿바늘을 꽂은 채 먼 하늘을 응시하는 저 창백한 환우여. 육체 어느 부분이 망가져서 병원 신세를 지고 있나. 처방 약을 복용하고 주사를 맞아도 차도가 없는 오뇌懊惱의 연속인가. 다시 하이네가 들려준다―인생은 병이요, 세계는 병원이다. 그리고 죽음이 우리들의 의사인 것이다― 섬뜩하다. 허나, 의사와 간호사는 산뜻한 제복 차림으로 환자들과 담소를 환하게 건네고 있다.

―《심상》 2016. 11월호

나와 너의 장법 · 52

내가 혹시 시인이란 알량한 명함을 내밀면서 경솔하게 너의 인격을 비하하거나 인간을 경멸한 적은 없는가. 시를 쓰면서 가식이 있거나 인생의 본분을 망각하고 거들먹을 피운 적은 있는가. 언제나 나 자신을 인식하고 성찰하는 내면에서는 나와 네가 공존하는 영혼을 만날 수 있으리니 자, 저 만유의 자연에 숨어보라. 거기에서 인간들의 황량한 자태를 돌아보라. 이 시대의, 이 세상은 너무 살벌하다. 나만 있고 너는 없는 아, 저기 목매기송아지의 어설픈 눈망울에서 뿜어져 나오는 절망의 눈물. 음매, 음매 아무리 불러도 듣지 못하는 어미 소의 우둔 그것이 갈등이며 고뇌란 굴레를 씌워 나와 너의 심경을 흐리게 하고 있다. 어쩌랴. 살얼음판을 건너가듯 시 쓰는 일이 자칫하면 자기최면이나 너의 주술에 걸려들 수도 있어서 위태하니까.

－《계간시원》 2016. 가을호

나와 너의 장법 · 53

지난날의 고난을 분노로 원망하거나 삶을 포기하려 한 일이 있느냐? 흑석동 어느 학교에서 임시직으로 근무할 때, 시간 나면 한강을 산책하고 있었다. 유유히 흐르는 물줄기에 넋을 놓고 무엇인가 골똘히 떠내려 보내면서 감상적인 사유를 주워 담으면 두물머리 지점에서 떠내려온 삶의 지침서 한 권을 발견하고 거기에 담긴 어록 읽기에 몰두하는데 어디서— 이봐요, 다리 난간을 왔다 갔다 하면 위험해요. 빨리 지나가시오.— 갑자기 호통 소리가 뒤통수를 때린다. 지난날의 고통과 분노를 강물에 흘려보내려는 인내의 시간은 갈등이었다. 휑하니 한 몸 날려 풍덩 강심江心을 만나면 이런 모든 상처의 영육은 끝나겠지. 호루라기를 불면서 자살 위험을 만류하던 그 순경은 오늘도 생명 구하는 임무에 여념이 없는가. 이제 퇴임했겠지.

　　—《심상》 2016. 11월호

나와 너의 장법 · 54

　나는 나를 사랑하는가. 운명으로 점지된 빈곤과 무지의 동행은 자비나 박애는커녕 자신조차 사랑할 엄두가 없었네. 나의 불운을 극복해낼 뾰족한 방도가 없어서 그때부터 방황이 시작되었지. 그러나 '내 온몸은 바로 기쁨이다. 노래다. 검劍이다. 불꽃이다'라고 노래한 하이네의 열창을 들으면 내가 나를 너무 무시하고 나를 등한시한 영육이 구겨진 채 팽개쳐지지는 않았나 의구심이 들기도 했었다. 황폐해지는 현실을 탓하면서 자신을 학대하는 분노를 삭이지 못하는 우둔이 한 생애를 동행하게 되었지. 이봐, 그대는 사유의 깊은 샘을 그냥 허공으로 증발시키는 게으름이 잘못된 아집으로 변해서 이해나 타협을 이루지 못하는 졸장부가 되지 않았나 다시 한번 되짚어보게나. 먼저 자신이 자신을 사랑하는 자애自愛의 신념을 확고하게 정립하길 바라네.

　　　　　　　　　　　　　　　−《계간시원》 2017. 봄호

나와 너의 장법 · 55

나는 만유의 생명을 자비롭게 존중하는가. 사생관두死生關頭에서 그 고통을 참으면서 지탱해온 생명이 신비롭지 않은가. '삶이란 한 줄기 바람이 불어오는 것이고 죽음이란 고요한 못에 달이 가서 잠기는 것이다'라는 정완영 시인의 말처럼 삶과 죽음 사이에 펼쳐지는 생명의 환희, 시간과 공간의 변화에 따라서 계절에 투영되는 이미지가 변하듯이 생명의 열광은 봄에서 여름으로, 여름에서 가을로, 가을에서 겨울로 사계의 정경에서 생멸生滅의 진실을 알 수 있었으니, 이봐요─ 거기에서 얼쩡거리는 이방인의 우수 같은 얼굴을 지우세요. 우리 민요에 '노세 노세 젊어서 놀아, 늙어지면 못 노나니' 덩실덩실 춤사위 한 마당에 자연의 생명도 함께 희로애락을 자애롭게 수용하고 있다. 이것 봐, 그것이 귀중한 생명의 순환이지, 안 그런가? 너무 골똘히 깊게 들어가지 마시라.

─《계간시원》 2017. 봄호

나와 너의 장법 · 56

　이보게. 웬일인지 요즘에 와서 내 주변에는 이 세상에서 사라지는 사람들이 많아. 이승을 하직하면 더 좋은 세상이 있는지 모르겠으나 한 생애를 나름대로 충실하게 살았지만 모두들 떠날 날을 기다리고 있는 듯한 것은 한 생명이 사멸하는 일이 자연스러운 현상임을 믿고 있기 때문이다. 존경하고 사랑했던 조부, 부모, 형과 동생이 떠나고 또 시라는 이름으로 함께 어울렸던 친구들 이기애, 송명진, 김병학, 이무원, 박해수, 정희수, 박원, 김용오, 김정웅 등이 이 겨울, 어느 공원 묘원이거나 선영先塋 응달진 비탈 언 땅속에 매장되어 지금도 긴 꿈을 꾸는 영혼으로 남아 있다. 이것이 인명재천人命在天인가. 늙고 병들어 남은 사람들을 고생만 시키다가 가는 사람, 제명대로 살지 못하고 사고로 운명을 달리하는 사람, 모두가 '죽음은 위대하다'고 외친 릴케의 말처럼 위대한 죽음을 맞기 위해 시혼詩魂을 불태우고 있는지. 너는 왜 그 문제에 문득 몰입하고 있는지?

　　　－《문예비전》 2017. 4월호

나와 너의 장법 · 57

일찍이 하이데거의 실존철학에서는 '본시 있는 나에게로 돌아간 나'로 실존을 말한다. 실존을 국어사전에서는 가능적 존재로서의 본질에 대하여 구체적이고 현실적인 존재라고 풀이하고 있다. 그러나 하이데거는 사람이 본래적인 나에게로 복귀했을 때 나는 실존으로 살고 있다고 해석한다. 우리는 평범한 '세상 사람들'로서 이 세상 공동체의 일원으로 살아가고 있다. 그래서 '나는 그저 풍설에나 귀 기울이고 호기심이나 애매성에 휩싸여 있'어서 평균적 일상성 속에 은폐되어 있는 나를 발견하고 피식 웃고 만다. 이러한 것은 자질구레한 일상의 일들이 나를 덮어서 진정한 나를 찾기가 어렵다. 그렇다면 실존으로서의 인간은 어떠한 것인가. '자기가 죽음을 향해서 살고 있다는 것을 깨달은 인간'이라는 고도의 생명철학을 바르게 이해할 수는 없지만, 이처럼 사람이 항시 죽음을 염두에 두고 옳은 인간으로서 살아가야 한다는 잠언이 명쾌한 오늘.

−《문예비전》 2017. 4월호

우리는 지금 불감증의 시대에 살고 있는가. 김정은은 핵무기를 개발하여 걸핏하면 '대륙간탄도미사일ICBM'을 쏘아 올린다고 엄포를 놓고 있어서 미국 오바마 정부는 한국에 사드(고고도미사일방어체계, THAAD)를 배치해서 이를 대비해야 한다고 발표하자 우리 정부도 적극 환영하면서 경북 성주에 설치하기로 결정했다. 웬걸! 이것 보세요. 중국이 갑자기 자국에 위협이 된다고 목숨을 걸고 반대하고 나섰다. 한국으로 들어오는 관광을 취소시키거나 중국으로 들어가는 입국 비자를 내어주지 않는 등 사드 보복을 한 지도 오래되었다. 그러나 보라. 국회의원들은 서로 자기 당의 이익을 위해서는 목청을 높이지만 국가의 위기의식에는 남의 일이다. 이보게. 네가 걱정한다고 해결될 일이 아니야. 미국의 일개 주州도 안 되는 작은 나라가(그것도 반 토막이 났는데) 서로 아웅다웅하는 현실은 참담한 비극이지. 아, 동족상쟁의 참혹한 울분이여, 우리의 불감증은 언제 치유되려나.

　－《문학시대》 2017. 봄호

　대통령이 탄핵소추가 되어 헌법재판소에서 심리를 하였다. 한 국가의 원수가 탄핵을 받는다는 것, 국민들의 슬픔이며 수치이다. 결국 인용認容이라고 판결이 나왔다. 평소에 정치에는 무뢰한이고 무관심인지라ー 그러나 국가의 헌정 질서를 문란케 했다는 사실은 참으로 중요한 일이다. 최 머시기라는 한 여인이 국정을 농단했다는 사실을 규명하기 위해서 특검이 주야로 캐물었으나 밝혀진 진실은 없었다. 고관으로 일하던 증인들을 소환해서 강도 높게 심문했으나 '잘 모른다'는 답변으로 회피만 하는데 태블릿 PC에 내장된 위법성 내용은 있으나 마나. 대포폰으로 부당한 사실이 확인되었는데도……. 글쎄, 오늘 밤도 광화문광장과 시청 앞에서는 촛불과 태극기 물결이 우리 국민성마저 양분한 서글픔이 질펀하게 깔리고 있는데……. 대통령이 국정을 정한情恨으로 수행하면 국기國基가 흔들릴 수밖에ー 저 시장이나 뒷골목에서는 먹고사는 문제에 오늘도 눈물 훔치고 있는데…….

　ー《문학시대》 2017. 봄호

나와 너의 장법 · 60

나라 안이 시끌시끌 위기 상황인데 AI(조류인플루엔자, Avian Influenza)까지 창궐해서 양계 농가의 닭과 오리를 생매장(살처분)하는 울분까지 겹쳐지고 있다. 이 고병원성 조류독감은 냇가 갈대밭에서 숨겨 있는 야생 조류의 시체를 해부해서 검사해보면 이 병에 감염되어 죽었음을 밝혀내는 것. 인체에도 감염될 수 있다니 각별히 조심해야겠다. 이번엔 구제역 대란까지 겹쳐져서 소나 돼지 수십만 마리를 살처분하는 비극이 또 발생했다.

아아, 우리 축산 농가들에게 자비를 베푸소서. 닭고기, 소고기를 먹지 말라, 달걀도 먹지 말라—안 먹는 것은 좋으나 지금까지 평생을 가축 기르기에 몸 바친 이들의 상처를 치유하는 방법은 없는가. 수의사들이 정기적으로 백신 접종을 하고 소독도 철저하게 해야 이를 예방할 수 있다는 것. 이러한 괴질은 어디서 오는가. 우리 인간들이 더욱 안전하게 살아가는 방도는 없는 것인가? 아아, 이 지상에는 생명에의 적색 신호가 만연하는데.

－《표현문학》 2017. 4월호

나와 너의 장법 · 61

오늘 일기예보는 황사 마스크를 꼭 착용하고 출근하거나 외출하라는 기상 캐스터의 쩌렁쩌렁한 울림이다. 창문을 열지 말고 노약자는 되도록이면 집 밖 출입을 자제하라는 당부이다. 이제 우리 지구에도 환란의 시대가 다가오고 있는가. 배기가스가 넘쳐 매연이 심해서 숨을 제대로 쉴 수가 없어 콜록콜록 기침 환자가 늘었다. 점차 수질은 오염되어 마실 물이 적당치 않아 정수기를 사용한다. 등산길에 마시던 약수터는 폐쇄된 지 오래고 오수, 폐수가 강과 바다로 흘러든다. 거기에서 겨우 목숨을 부지한 물고기는 기형이다. 아아, 지구가 오염되면 우리 인간들의 존재가 불투명해진다. 누구의 탓인가. 지구가 깨어져도 오늘 나만의 편리를 갈구하는 인간들의 무지여. 공장을 짓고 자동차를 많이 생산해야 국민의 GNP는 늘어나겠지. 윤택한 삶만큼의 불행 지수는 상승하고 있는데…….

　－《문학미디어》 2017. 여름호

어디선가는 화산이 폭발해서 마을을 용암으로 쓸어버려 폐허가 되어 희생자가 얼마이고 이재민이 얼마라는 위기의 소식이 자주 전해진다. 또 어디서는 5도 이상의 지진이 발생하여 땅은 무너져서 꺼지고 바다에는 쓰나미가 덮쳐서 인명 피해가 얼마라는 등 아주 무서운 현상이 자주 일어나고 있다는 뉴스가 생중계되고 있어서 지구에서의 재앙이 지구의 종말을 재촉하는 것은 아닌지 무섭다. 이모두가 우리 인간들이 스스로 자초한 일이란다. 어쩐 일인지 요즘은 황사와 미세먼지가 많아서 외출을 삼가고 있다. 한국과 일본에서 미세먼지로 인한 사망자가 속출하고 있어서 대책이 요망된다는 뉴스는 우리들을 경악하게 한다. 그래, 지나는 길마다 배기가스며 소음이 가득하지만 저기 공장 굴뚝에서는 아직도 시커먼 연기가 하늘로 치솟는다. 그러나 이런 문제는 너 혼자서 걱정할 일이 아닐 텐데—

－《문학미디어》 2017. 여름호

시내버스에 백발 노신사가 승차한다. 앉을 좌석 찾아 두리번거리다가 그냥 서서 가기로 한다. 차창 아래에는 '노약자석'이니 '임산부석'이라는 표지 딱지가 붙어 있으나 마나이다. 그 자리를 차고 앉은 젊은이는 스마트폰으로 연신 무언가를 두들기고 있고 또 다른 이는 창밖을 하염없이 바라보고 있거나 아예 못 본 척 졸고 있다. 그렇다. 요즘도 문맹이 많은가 보다. 한편 버스에서는 '노약자석과 임산부석은 그들을 위하여 비워두시기 바랍니다' 안내방송이 나오고 있다. 아마도 이들은 시각뿐만 아니라 청각에도 문제가 있는 듯하다. 분명히 노자도 아니요 약자도 아니며 병자도 아닌, 또한 임산부도 아닌 요즘 젊은 애들의 삐뚤어진 정신머리가 서글프기만 하다. 이봐, 물질문명이 최고로 발달하고 입시 위주의 교육에 매달리니까 윤리 도덕의 교육을 제대로 받지 못해서 그렇다는 사실을 알지 못하고 있었나. 백발 노신사는 끝까지 서서 가다가 혀끝을 차면서 하차한다.

―《문학공간》 2017. 8월호

나와 너의 장법 · 결

내가 나에게 좀 더 현명하게 지적으로 살아가기 위해서 생각이나 느낌이 올바르지 못했었거나 선악의 분별이 흐려질 때 혹은 성찰이 미흡할 때 그리하여 개선의 여지가 없고 옹고집과 오기로 나 자신을 스스로 오도誤導하고 있지는 않는가. 일찍이 하이데거는 '평균적 일상성 속에 은폐되어 있는 삶'에서 박차고 나가서 그 속에 파묻힌 자기를 되찾을 때 사람은 실존이 된다고 했다. '사람은 죽음을 향해서 살아가고 있다는 깨달음'은 항시 '무無의 심연'으로 정화된다. 아아, 이러한 무아경지는 고승이나 철학가들의 전유물인가. 아니다. 시간의 무한과 인간의 유한을 대칭하면서 안주安住가 아닌 치열한 생존경쟁과 맞서서 냉혹하게 자신을 다시 챙겨봐야 하지 않겠나. 나의 장법에서는 아직도 결론이 있을 수 없다. 나에게 허락된 시간까지는—

−《문예사조》 2017. 5월호

4부

( )에서의 탈출기

( ) A에 관하여

무슨 일인지, 대학로에서 신촌으로
알 수 없는 언어들이 소란스럽다
인파에 밀려 허수아비 하나도
아무 의미 없이 떠밀려 가고 있다

— 나는 이곳을 빠져나와 곁부축으로라도 집으로 돌아
　　가야 한다

어쩐 일인지, 비밀로 감추었던 몇 개의 모음들이
소란한 바깥을 떠나
— 아닌데 그게 아닌데
늦게나마 제 몸을 결박하고 있다

어쩔거나, 좀처럼 속내를 드러내지 않는
허우대들만 무리 지어
신촌에서 다시 이 지상 어디로 활보하고 있는데.
－《심상》2007. 4월호

( ) B에 관하여

출근하는 날부터
거기에 묶여야 했다
자유인의 몇 마디 갈망들이
정리된 기호 속에 갇힌 채
더욱 선명한 모습으로
명상에 잠겨야 했다
환영幻影이었다
어느 날 사직서를 내고
온몸 얽어매어 부자유스럽던
진실을 해체했다
양쪽으로 묶여 있던 그 자리에는
침묵의 새 한 마리 문득
창공으로 비상하고 있었다.
-《심상》 2007. 4월호

( ) C에 관하여

언제부터 이 틀에 묶여 있었나
운신을 할 수 없게끔
동여매어진 한 생이 어쩌면
암흑 속에서 허우적이다가
떠나야 할 시간도 장소도 모른 채
맹목의 길목에서 잠시 쉬어 가는가
언제나 아슬아슬한 위기의 언어로
온몸 휘감겼던 착목의 그 언저리에서
다시 회생의 꿈 찾아보지만
아, 나의 혈류는 화해를 기피한다
요즘 세상에서 갑자기 횡행하는
갑질의 횡포나
패배의 술잔이
겨울밤이 이슥하도록
눈물과 동시에 흔들거리고 있었나니.

−《문학과창작》 2017. 여름호

( ) D에 관하여

이젠 그 껍질을 벗어나야 한다

무언無言의 횡포는 없어져야 한다

내면에서 창궐하는 이기주의는 배척해야 한다

철망으로 둘러싸인 욕망의 그늘에서 탈출해야 한다

철옹성에 갇혀 있는 그들의 사고思考를 깔아뭉개야 한다

산정山頂에 올라가서 저 광활한 신천지의 운해를 보라

선승이 가부좌한 채 무아無我를 노닐듯이

속박된 이 세상에서의 더러운 야심들을

맑은 물로 헹궈내야 한다

무한의 시간을 유영하는 운명의 새들이

다시 유한한 생명의 절박한 빛살 따라

허걱거리는 티끌 같은 욕망들을

거기에서 탈출하는 연습으로

저 멀리 허공까지 물어 나르는 각성

이젠 빗장을 열고 조마로움을 태워버려야 한다.

－《문학과창작》 2017. 여름호

( ) E에 관하여

그토록 거기에 머물면서
얻은 것은 무엇이며
잃은 것은 어떤 것이었나
언제나 착각이나 착시의 좁은 골방에서
안쓰럽게 평생을 헤매는 운명이었나
거기에 갇혀서 부산만 떨다가 아아,
광활한 세상에서 청운靑雲의 꿈을
끝내 접어야 하는 울분 아아,
그것은 어눌語訥하고 눌청訥聽하며
비감悲感이며 어쩔 수 없이 무망無望이었다
볼멘소리만 늘어놓다가 끝나는 거야
아니다. 심호흡으로 온몸을 가다듬고
이 ( )의 옹벽을 뚫고 나와야 한다
거기에는 찬란한 햇살이
영원히 대지를 푸르게 이끌고 있을 테니까.
－《한맥문학》 2017. 5월호

( ) F에 관하여

삼엄한 눈길을 피해서 얼음장 두만강을 건너야 한다
이 고비를 넘지 못하면 처참한 개죽음뿐이다
누구는 초병을 포섭하고 또 누구는 브로커를 사서라도
이쪽 구천 지옥을 벗어나야 살 것 같다
강을 건너 중국 땅에 도착해도 안도의 숨은 쉴 수 없다
온갖 유혹과 위협 속에서도 오직 목숨을 부지해야 한다
기아飢餓와 자유를 위해 그들의 속박에서 구원하소서
이 지구상에서 가장 악독한 무리들 자신들만의 영화를
지속하기 위해서
인민들을 혹사시키는 아아, 광인들의 허세여,
용케도 한 무리들은 갖은 고초를 견뎌내고
드디어 자유 대한민국으로 탈출에 성공한다
아직 거기에 갇혀 있는 우리의 백의민족들
죽지 못해 연명하는 아아, 우리의 동포들
머지않아 굳게 막힌 비극의 가시철조망에는
통일의 광명으로, 평화의 깃발로 축포가 울릴 것이니.
　　　　－《한맥문학》 2017. 5월호

( ) G에 관하여

수인번호 000이 찍힌 허름한 작업복
사이사이 골 깊은 주름살이 패이고
철커덩철커덩 철창문 닫는 소리만 울린다
어쩌다가 여기까지 와서 갇혀 있나
철창 너머 조그맣게 파란 하늘이 보인다
이제사 선악을 분별하지 못한 죄를
깊이깊이 뉘우치지만 소용이 없다
한 생을 배신과 악질로 어둡게 사는 사람들
아아, 법의 심판 앞에서 주르르 눈물 보이지만
감방처럼 부자유한 세상에서
굳게 닫힌 철문을 빠져나갈 방도는 없는 것인가
오로지 한생을 진선미의 실현을 탐구하는 사람들
그 행복한 웃음소리를 외면하는
청맹과니와 귀머거리가 득실거리는 세상
우리 모두는 수의囚衣를 입고
뻔뻔스럽게 허우적이고 있다.

−《서울문학》 2017. 여름호

나는 화가다

정밀한 정물화가다. 나무껍질을 벗기면서 속살까지 그려낸다. 속살에서 풍기는 향기로운 그 정신도 휘휘한 화법으로 표현한다.

어느 날 버스 앞좌석에 앉은 여인의 뒷모습을 그린다. 헤어스타일과 어깨 곡선이 질펀하게 어느 계곡을 흘러간다. 그 여인의 인생행로에 덧칠한다. 내면에 깊숙이 간직한 눈물의 체험이 선명하게 드러난다. 어쩌면 내가 살아온 불행한 삶의 전형이다.

어떤 한 사물이나 한 사람에 대해서 매번 그림을 그리지만 감춰진 내적 진실은 표현하지 못한다. 어쩔 수 없는 얼치기 화가다. 사는 일이 모두 그러하다. 형태나 명암이 분별되지 않는 단색의 데생만 그리는 아직 미흡한 화가다.

－《서울문학》 2017. 여름호

숲의 언어

태초에 내린 이슬들이
계곡 바위틈에서 이끼를 보듬었다
푸르게 푸르게 흐드러진
적요寂寥가 하늘 치솟는 기원은
나무로 풀로 자라나서
숲 속 이끼로 안식처를 삼았다
청산靑山과 녹수綠水가 한 무리 된 이 세상에는
너와 내가 호흡하며 살아가는 낙원
새소리 물소리 바람 소리
한 자락 사랑의 언어가 울려 퍼지고
다시 계절의 향기 눈부시면
모든 생명들이 조용한 선율로
어우러져 노래하고 춤추었네
오, 신선한 한 줄기 햇살이
만물에 스며드는 대자연의 조화
태초에 내린 환희를 보전하고 있었다.

–문학의집 2013. 6월

외 출

그대여, 빈 가슴으로 오라
생채기 진 바람은 그냥 묻어두고
밤마다 되새기는 얼룩의 별빛도
어둠 속에 그냥 묻어두고
그대 빈 가슴으로 대학로에 오라
여기 따사로운 햇살 담뿍 머금은 채
후련히 한 마당 그대 빈 가슴에
가득 채울 사랑의 메아리 넘실거리노니
아아, 우리들 멍울진 응어리 삭여나갈
그 안식의 맑은 혼불을 지폈노니
허기진 영혼을 위해
우리들 사랑을 위해
빈 가슴으로 오라
대학로에 오라
어디에도 비춰지지 않는 내 모습을 찾고
이미 낡아 허우적이는 내 영혼을 찾고

그리하여, 길바닥에 널브러진
싸늘한 가슴을 찾고 사랑을 찾고
잠시 방황이나 번뇌는 비워둔 채
여기로 오라
여기에는 분명코 노래가 있으리라
덩실덩실 춤이 있는 거리에는
한 모금 감로수에 젖게 할 꿈이 있으며
마알간 별빛 줍는 시 한 소절도 흐르리라
그대여 오늘은
빈 가슴으로 대학로에 오라.

―산문집『그대 빈 가슴으로 대학로에 오라』1994. 8월

등산길에

정상에는 구름이 먼저 와 있다
먼 하늘 위 눈부신 햇살에는
푸른 기원 하나라도 안고 있을 것만 같아
구름 향해서 손짓한다
초록빛 초목들 사이에서는
바람이 동행하면서
흠뻑 젖은 구슬땀을 훔친다
간혹 들리는 산 메아리
흔들리는 사람들의 가슴에서
무지개로 황홀한데
찾지 못한 기원 한 자락
배낭에 담아 지고
하산길에 응시하는 산 그림자
노을빛으로 물드는 그 시각
구름도 바람도 사라지고
산 메아리, 산 그림자도 지워졌다

언제나 따라오는 산새들
그 노래마저 들을 수 없는
폐허의 숲에서 또 우리는
산 오르고 내려갈 준비를 한다.
—『한국시협 사화집』 2010

함평 나비들

함평 하늘에
무리 지어 비상하는 저 영혼들
천상에서 재생하는 저 노래들
함평 온 천지를 수놓아
광채로 찬란하다

함평 땅에
뿌려진 풍요의 색채들
대자연과 어우러져
아아, 여기에서 친환경 삶을
예술로 승화하노니

함평 천지에
자운영, 유채꽃 물결 사이로
선회하는 수만 마리
춤사위 그 정취여,

감동의 장관이여,

우리들 호흡 길게
남녘 땅 함평에서 이어지노니
한반도 평화의 숨결로
혼불아, 비상하라
더 높이 활활 타올라라.
－함평나비축제 참관시 2009. 9월

오월의 언어

잎이 오월 어느 날 말한다
잎에게서 흔들림의 미학과
아니 흔들릴 수 없는 숙명을.
잎이 다시 잎에게 말한다
속이 빈 고목은 역사 위에 서 있고
젊은 사내는 계절을 탓하지 않는다

— 매연으로 오염된 지상에서
　 흔들림과 무력함으로
　 다가오고 있는 신록의 울분

이젠 나뭇잎이 나에게 말한다
바람이 부는 것은 언제나 두려움
누군가 잠들 수 없어
바람 소릴 듣는 것은 더욱 아픔일러.
이젠 내가 말한다

속이 비어버린 만유의 자연에게
흔들리는 의미를 되묻노니,
어쩌면 우리 모두의 죗값인가
울창한 녹색의 향연에서도
암울한 빛깔의 두려움과
안개 속을 허우적이는 햇살과
우리의 막막한 소망을
모두 흔들고 있거늘…….

−《PEN문학》 2017. 7 · 8월호

애장터* 참꽃

참꽃 따러 동네 뒷산을 오른다
봄맞이 초록 손님들이
만산 滿山을 물들이는데
'애야, 거기 애장터에는 가지 말거라'
'하필 그곳에 참꽃이 무더기로 피었노'

우리 동네에 어느 날 마마 媽媽가 휩쓸어
내 또래 애들이 하얀 천에 덮여
외진 산골짝에 돌무더기로 묻혔다
얼기설기 무덤 옆 화사하게 핀 그 꽃은
탐스런 그 애의 앳된 웃음이었다

우리 엄마 화전놀이에 이고 간
참꽃전에는 그 시대의 애환이 서렸지만
죽은 애들은 하염없이 엄마를 부르는데
'애야, 거기에는 어린 영혼들이

이승을 향해 외치는 늑대 울음만 있단다'

달빛 치렁치렁한 산골 밤이면
멀리서 산짐승 울음 들리고
애장터에서 본 하얀 어린애들이
참꽃 한 아름 따 안고 내려와 지금도
'울 엄마야— 엄마야' 꿈속을 헤맨다.
−《달성군 참꽃축제 문집》 2015. 5월

* 마마로 죽은 어린애의 무덤이 있는 산골짝. 경상도 방언.

다시 낙엽에게

나는 낙엽을 사랑한다
얼마나 많은 영욕의 시간을 견뎠을까
그 아픔과 환희를 잘 섞어서
체험의 배낭에 정성스레 담고
모든 생명은 영원하리라는 염원에서
고마움과 즐거움을 소롯이 간직한 채
바삭한 몰골로 지상에 떨어진다
나는 아직도 그의 숨소리를 듣는다
그가 남겨두고 떠나온 모태의 원형은
지금쯤 설한풍에 떨면서도
다가올 새 햇빛 맞을 준비를 하면서
인내로 모질게 서 있겠지
한 생을 마감하면서 내 앞에 뒹구는 너
너를 아픈 눈물로 사랑한다
아아, 그동안의 울분이 버무려져 살아온
지향점이 너 쭈그러진 온몸에서

우리 인간들이 고달프게 영위해온
사고四苦의 향기가 피어나고 있다
사랑의 미소 그 소멸의 희열에 넘치는
퇴색한 성숙의 의미가 남아 있다.

－《현대문예》2017. 7 · 8월호

다시 백두산에서

서파 1442계단을 올라
백두산 천지와 교감한다
몇 년 전 안개에 가려진 이곳에서
다시는 중국의 장백산을 오르지 않겠다는
다짐도 무용으로 바람에 날아가고
조선과 중국의 경계비 앞에서
다시 사진을 찍고 있다
통일이 되면 우리 땅으로
백두산을 오른다는 소망은
언제까지 요원한가
구름 한 떼가 중국에서 북한 쪽으로 넘어간다
다시 백두산 천지 앞에서
중국 공안원의 눈길을 피하면서
한민족 소원 그 묵언의 기도만
바람으로 날리고 있는데
아아, 들리지도 않을 애잔한 함성을

장엄한 저 푸른 물결이 찰랑찰랑
한가롭게 음미하고 있었다.

−《통일과문학》 2016. 11월호

서울의 밤

내가 처음 서울 왔을 때
늦은 밤, 골목에서
'찹쌀떡 사려……'
'찹쌀떡이나 메밀묵……'
구성진 메아리 들을 수 있었다
야참 메밀묵 한 접시 다 먹기도 전에
통금 싸이렌 길게 울리면
서울의 밤은 깊은 잠으로 묻혔다

내가 서울 살면서
야경꾼 짝짝이 소리에 잠들지 못하고
칠흑 밤마다 고향 논길에 뿌려지는
별빛들만 가슴 가득 줍고 있었다
내가 서울살이에 익숙하지 못해
'어머니……' 곁으로
밤이면 남행 열차를 떠나보내고 있었다

어쩌다가 꿈으로 어머니를 만나고
돌아온 서울의 밤, 나는 아직도
잠들지 못한 채
눈물로 영혼을 달래고 있었다.
−《갈채 동인지》 2013

4월 향훈과 떠난 바람
─정공채 시인을 그리며

4월 향훈과 함께 떠난 바람

육신은 하동 금오영당으로 거처를 옮겼으나

그의 영혼은 지금도 이 강산 어디서나

영롱한 무지개로 빛나고 있다.

2008년, 3월 어느 날

─세상 떠나면서 운다 / 그때 태어날 때와 지금 운다 /

　　눈물 소리 못 내고 한두 방울 / 이 빗방울에 말도 없이

　　고별사를 안긴다 / 잘 있거라 내 사랑아─

마지막 '고별사'를 남겨두고 한 달 후

그는 영원한 긴 잠에 들었다

육신은 한낱 흙 한 줌으로 돌아갔지만

'천의무봉의 시인'은

'미8군의 차' 1,500행에서 반짝이는 기개

이 땅의 선지자로서 우뚝 세웠으니

아아, 그 영혼은 우리 가슴에서

살아 꿈틀대는 역사의 파노라마

'정공채 시집 있습니까' 스스로 자문하던
선비의 광채는 더욱 빛을 발하노니
서울 피맛골에서 호음豪飮하던 시간들이
이제 고향 하동에서 안식을 취하노니
칠십여 성상의 짧은 생애
영욕의 세월들은 환희로 다시 밝았노니
4월 향훈 속으로 떠난 바람
일산 어디쯤 병원에서 그 고통을 문병한 후
이제사 여기 합장으로 향불을 올리나니
시혼이여, '미8군의 차'와 같은 번뇌는
우리 시문학사에 영원히 지울 수 없는
횃불로 올곧게 타오르고 있다
아아, 정공채 시인님……
이젠 저승에서라도 맘 놓고 비평과 풍자
그리고 통쾌한 화법으로
우리 후학들의 시 세계에

4월의 안온한 향훈으로 젖게 하소서

더 높은 무지개로 물들이게 하소서.

－정공채 시인 3주기 추모식에서

골목에서

귀가 시간이 많이 늦었다
퇴근하면서 들른 호프집에는
근무 중에 풀어내지 못한 울분들이
한자리에 모여서 절규하고 있었다
퉤퉤 이놈의 세상— 비틀, 비틀거리며
집 앞 좁은 길로 들어선다
저기서 반갑게 맞아주는 가로등 불빛
'취했어? 어서 들어가 편히 쉬어—'
이 늦은 밤에도 환하게 웃으면서
건네는 정겨운 골목의 언어
언제나 굳은 표정의 침묵이지만
거기에는 훈훈한 온기가 깔려 있다
다음 날 다시 빠져나가는 출근 시간
등 뒤에서 '오늘은 좀 일찍 들어와—'
목련 꽃잎이 하얗게 휘날리는 이곳
언제나 정중동靜中動의 애환이 넘친다.
—경남문학관 전시 2017. 4월

후백后白 황금찬 시인*

이 지구촌에서 백 년을 아름답게 살아오신
시인의 얼굴은 항상 동안이시다
1918년 8월 10일, 강원도 양양군 도천면 논산리
가난한 농부의 둘째 아들로 태어나
한반도에 전쟁이 터지자 남하한다
속초와 강릉에서 삶의 터전을 마련하고
시인으로 다시 태어나 이 세상에 우뚝 선다
시의 고향 〈청포도〉 동인에서부터
영원한 〈심상해법시인학교〉 교장
시인의 인자한 시의 육성은 언제나 카랑카랑했다
《심상》에 응모한 나를 등단시킨 은혜로
시인을 존경하고 따르는 제자가 되었다
사랑하는 딸과 사모님을 먼저 보내고
아들 황도제 시인도 가슴에 묻었다
황도제 시인과는 〈응시〉 동인으로
자주 만나서 회포를 푸는 사이였지만

부자父子 시인은 우리 시단의 귀감이었다
이제 서울에서의 문단 생활을 뒤로하고
강원도 횡성 어느 산골에서 심신을 고르고 있다
멀리서 자주 뵈올 수 없지만
시인의 잔잔한 미소와 온화한 가르침은
이 산하山河에서 뜨거운 빛으로 남아 있으리라
'세상을 절망하기는 아직 이르다
훌륭한 시인들이 있고 좋은 시가 있기 때문이다'
시인의 잠언은 지금도 유효하다
시인의 우아한 담론과 시편들은
한국 시사詩史에서 별빛으로 반짝이는
보물로 영원히 간직될 것이다
시인의 만수무강을 기원하면서 합장合掌한다.
　－《후백 황금찬 선생님 상수연 100인 송수집》 2017. 1월

* 2017년 4월 8일 소천.

시인의 에스프리

일상성에서 탐색하는 비평적 사유思惟

* 소크라테스는 일상적인 자기와 다른 '진실한 자기'에 눈을 뜬 사람이었다고 한다. 그리스 델포이신전에는 "너 자신을 알라Gnothi Seauton"라는 글이 적혀 있는데, 이는 "네 분수를 알라" 혹은 "자신이 죽을 곳을 알라"라는 뜻이라고 한다.

소크라테스는 아테네의 거리나 체육장에서 아름다운 청소년들을 상대로, 또는 마을의 유력한 사람들을 상대로 철학적인 대화를 나누었다. 정의란 무엇인가, 착하다는 것, 용기란 무엇인가에 관한 것들로 그 주제는 대부분 실천에 관한 해법을 찾는 것이었지만 그는 항상 "나는 오직 내가 무지하다는 한 가지 일을 알고 있다"라고 고백함으로써 그의 불가지론不可知論을 통해서 오히려 궁극적인 근거에 대한 무지를 자각하고 자신을 근원부터 질문당하는 곳에 놓아두고 애지愛知의 심오한 철학에 이르게 된다.

여기에서 "너 자신을 알라"라는 소크라테스의 외침이 문득 뇌리에서 요동치고 있었다. "비로소 챙겨보는 자아의 인식—존재는 무엇인가. 존재에서 성찰하고 각성하는 '나'는 지금쯤 어느 길에서 방황하고 있는가. 나는 알지 못했다. 모질게도 인간 칠정七情의 고초를 모두 체험하면서도 아직도 나를 잘 알지 못한다. 잘못된 판단이나 그 모순을 깨우치고 옳은 길로 유도하는 인간 본연의 진실을 몰랐다"(「나와 너의 장법章法·서」)는 자성自省이 절실하게 되었다.

　＊ "너 자신을 알려고 한다면 다른 사람들이 어떻게 행동하는가를 관찰하라. 네가 다른 사람들을 이해하려고 한다면 너 자신의 마음을 보라"라고 독일의 시인 실러Schiller가 말했다. 이는 나 자신을 알기 위해서는 타인을 세심하게 관찰해보라는 말이다. 나와의 상관성에서 타인(너)에 대한 정확한 동향을 먼저 파악해야 한다는 평범한 말이지만, 그렇게 가볍게 이루어지는 것은 아닐 것이다. 또한 자기라고 생각하는 것이 자기가 아니다. "반성하고 사고하고 노력하는 것이 참된 자기 자신인 것이다"라고 영국의 시인 필Peale도 한 말씀 거들고 있다.

　그래서 '나'라는 실재의 나와 '너'라는 이상 속의 나를 시적 시추에이션으로 설정하고 대화를 통해서 자아를 인식하거나 질책하는 시적 전개를 시도하고 있다. 아마도 '너'는 '나'의 분신이거나 또는 그림자의 소임으로 동행하거나 밀착해서 사사건건 문제 제기와 해법을 적시하기도 한다. "너는 나를 오늘도 미행하면서도 정도正道를 안내하려는 영원한 반려자인가. 생사고락을 함께할 동반자인가. 이제는 우리 서로 밝혀두고 동행하면 어떠한가"(「나와 너의 장법·1」)라고 그의 실체를 구명하기를 원하고 있는 것이다.

＊ 일찍이 프랑스의 사상가 몽테뉴Montaigne는 그의 『수상록』에서 "이 세상에서 제일 중요한 일은 어떻게 하면 자기가 완전히 자기 자신의 주인으로 되느냐를 아는 것이다"라는 말로 자아를 책策하고 있다. 나는 외친다. 문제는 내가 나를 사랑自愛해야 한다. "나는 나를 사랑하는가. 운명으로 점지된 빈곤과 무지의 동행은 자비나 박애는커녕 자신조차 사랑할 엄두가 없었네. 나의 불운을 극복해낼 뾰족한 방도가 없어서 그때부터 방황이 시작되었지. 그러나 '내 온몸은 바로 기쁨이다. 노래다. 검劍이다. 불꽃이다'라고 노래한 하이네의 열창을 들으면 내가 나를 너무 무시하고 나를 등한시한 영육이 구겨진 채 팽개쳐지지는 않았나 의구심이 들기도 했었다. 황폐해지는 현실을 탓하면서 자신을 학대하는 분노를 삭이지 못하는 우둔이 한 생애를 동행하게 되었지. 이봐, 그대는 사

유의 깊은 샘을 그냥 허공으로 증발시키는 게으름이 잘못된 아집으로 변해서 이해나 타협을 이루지 못하는 졸장부가 되지 않았나 다시 한번 되짚어보게나. 먼저 자신이 자신을 사랑하는 자애自愛의 신념을 확고하게 정립하길 바라네.”(「나와 너의 장법·54」 전문)

＊다음은 존재의 인식이다. 독일의 철학자 야스퍼스Jaspers는 “인간은 존재하고 있을 뿐만 아니라, 자기가 존재하고 있다는 것을 알고 있다. 인간은 자기를 의식하고서 자기의 세계를 탐구하고 계획을 세워서 그것을 바꾼다. 인간은 변하지 않는 동일물同一物의 무의식적인 되풀이에 지나지 않는 자연의 성사成事로부터 얻어맞는다. 그러나 인간은 현존재라는 것만으로 완전히 인식이 끝나는 그런 존재가 아니라 자기가 그 어떤 무엇인가를 더욱 자유롭게 결단한다. 인간은 정신이며 본래의 인간의 상황은 그 정신적 상황이라 하겠다”라는 논지로 존재를 첨삭하고 있다.

채근담에서도 “세상 사람들은 다만 ‘나’를 너무 참된 것으로 알기 때문에 여러 가지 기호와 번뇌가 있다. 옛사람은 이르기를 ‘내가 있는 것도 알지 못하면서 어찌 물건 귀함을 알리오’ 하고 또 이르되 ‘이 몸이 나 아닌 줄을 안다면 번뇌가 어찌 다시금 침범하리오’ 하였으니 참으로 옳음이다世人只緣

123

認德我宇太眞 故 多種嗜好 種種煩惱 前人云 不得 知有我 何知物爲貴 又
云 知身不是我 煩惱更何侵 眞破的之言也" 하였으니 '나'의 존재는
바로 인생의 지향점 인식을 향해서 진실 탐구에 매진하는 것이
다.

    ＊다음은 생명 존귀의 사유思惟가 필요하다. "만유의 생명
을 자비롭게 존중하는가. 사생관두死生關頭에서 그 고통을 참
으면서 지탱해온 생명이 신비롭지 않은가. '삶이란 한 줄기
바람이 불어오는 것이고 죽음이란 고요한 못에 달이 가서 잠
기는 것이다'라는 정완영 시인의 말처럼 삶과 죽음 사이에 펼
쳐지는 생명의 환희, 시간과 공간의 변화에 따라서 계절에 투
영되는 이미지가 변하듯이 생명의 열광은 봄에서 여름으로,
여름에서 가을로, 가을에서 겨울로 사계의 정경에서 생멸生
滅의 진실을 알 수 있었으니"(「나와 너의 장법·55」)에서 감지
할 수 있는 것은 '생명의 환희'에서 '생멸'의 순리를 '사계의
정경'에서 이해하려는 심저에는 심도 있는 시적 원류를 되뇌
어지게 하고 있다.
    또 작품 「나와 너의 장법·53」에서도 "지난날의 고난을 분
노로 원망하거나 삶을 포기하려 한 일이 있느냐?"라거나 "지
난날의 고통과 분노를 강물에 흘려보내려는 인내의 시간은
갈등이었다. 휑하니 한 몸 날려 풍덩 강심江心을 만나면 이런

모든 상처의 영육은 끝나겠지"라는 어조는 실망과 체념과 기원들이 화해하는 명민한 의식의 흐름을 알 수 있게 해준다.

한편 작품 「나와 너의 장법·56」에서는 "이 겨울, 어느 공원 묘원이거나 선영先塋 응달진 비탈 언 땅속에 매장되어 지금도 긴 꿈을 꾸는 영혼으로 남아 있다. 이것이 인명재천人命在天인가. 늙고 병들어 남은 사람들을 고생만 시키다가 가는 사람, 제명대로 살지 못하고 사고로 운명을 달리하는 사람, 모두가 '죽음은 위대하다'고 외친 릴케의 말처럼 위대한 죽음을 맞기 위해 시혼詩魂을 불태우고 있는지" 참으로 가늠되지 않는 생명의 처절한 절규가 펄럭이고 있다.

＊ 이러한 생명과 절대적으로 상관하는 삶의 비애가 있다. 어느 날 갑자기 말이 어눌해져서 서울에서 좀 큰 병원 응급실로 달려간 일이 있다. 신경과 담당 의사 왈, 조금만 늦었으면 더 큰일을 맞을 뻔했다면서 다행이라는 의견이었다. 서울역이나 시장에만 와글와글 사람 천지인 줄 알았는데 병원에도 아픈 사람이 어찌나 많은지 정신이 없을 정도였다.

나의 존재를 확인해본 일이 있는가? 몇 년 전부터 두 달에 한 번 정기검진을 받기 위해 강북삼성병원 신경과를 찾는다. 혈압도 정상, 혈당도 정상 ― 그런데 왜 병원에 와서 상담을 하고 혈압약, 당뇨약 등 약 처방을 받아서 매일 복용해야 하는지? 담당 의사는 말한다. 예방을 해야 큰 병이 침노하지 않아요. ― 아아, 그렇구나. 넘어질 뻔했던 육신이 그 기능을 다할 때까지 부족하거나 혹은 넘치는 혈류의 향방을 잔잔하게 간추리는 생명 존재의 잠언.

   ―「나와 너의 장법 · 50」 부분

 이렇게 '환시'를 정리하고 있는데 어디선가 하루에도 몇 번씩 앰뷸런스 소리가 요란하게 지나간다. 또 가슴이 철렁한다. 누군가 중병에 걸렸거나 불의의 사고로 다쳤나 보다. 육체가 망가져서 병원에서 치료로 고치는 것은 좋은데 오늘날 이기주의적 정신의 황폐는 치유할 처방이 없는 듯해서 쩍쩍 입맛만 다시고 있는 것이다.

 *매슈 아널드는 "시란 본질적인 면에서 인생의 비평이다"라고 했다. 인생의 비평뿐만 아니라, 사회적 · 정치적 · 문화적 모든 생활 저변에서 발생하는 일들에서 비인간적이며 반사회적인, 그리고 불합리적인 현실들을 시로 비평할 필요가 발생한다.

 세상이 시끄럽던 시절, 8 · 15, 6 · 25, 4 · 19, 5 · 16 등 사회적 변혁에 따른 인간들의 사유는 더욱 폭넓게 진취적으로 향상하면서 또 다른 방안으로 삶의 방식도 전환하는 계기가 마련되었다. 국가적으로는 하나의 역사적인 흐름으로 볼 수도 있겠으나 거기에서 생성하는 갈등은 너무나 많은 변화를 체험하게 된다.

이러한 사회적인 개혁이나 변동은, 우리 문학에서도 저항적이거나 타도의 대상으로서 소재나 주제로 형상화하는 경우를 많이 읽을 수 있다. 가령 일본 압제 시대에서는 애국적인 소망이 넘치는 작품을, 동족상잔의 비극에서는 생명의 존엄과 동포애를, 그 후에 독재나 부정선거 등에 대한 민주주의 완성을 그렸고, 유신이나 또 다른 상황에서는 좌우간의 민족적인 분열과 적대시 등의 이데올로기적인 대결 등이 우리의 정신을 지배 구조로 변경시키는 국가의 비운도 있었다.

그러나 차츰 국가적으로 안정되고 경제가 발전할수록 인성人性은 황폐화를 가속화하고 있어서 우리 시인들의 정서는 화해의 해법을 탐색하는 주제를 취택하는 경향의 작품들을 선호하게 되었고 거기에서 문학적인 진실을 탐구하려는 지적인 노력이 발현되고 있었다.

이 '장법'에서 그리는 인간도 불감증 시대에 북쪽에서는 핵무기를 개발하고 탄도미사일을 쏘아 올리는 등의 불안을 조성해도 그런가 보다 하고 안이한 습성에 젖어 있다. 그리고 "어디선가는 화산이 폭발해서 마을을 용암으로 쓸어버려 폐허가 되어 희생자가 얼마이고 이재민이 얼마라는 위기의 소식"(「나와 너의 장법 · 62」)이 뉴스로 나오지만 남의 일이니까 나는 모른다는 사고방식으로 살고 있다.

그리고 "나라 안이 시끌시끌 위기 상황인데 AI(조류인플루엔자, Avian Influenza)까지 창궐해서 양계 농가의 닭과 오리를 생매장(살처분)하는 울분까지 겹쳐지고 있다. 이 고병원성 조류독감은 냇가 갈대밭에서 숨져 있는 야생 조류의 시체를 해부해서 검사해보면 이 병에 감염되어 죽었음을 밝혀내는 것. 인체에도 감염될 수 있다니 각별히 조심해야겠다. 이번엔 구제역 대란까지 겹쳐져서 소나 돼지 수십만 마리를 살처분하는 비극이 또 발생했다"(「나와 너의 장법 · 60」)라거나 "황사 마스크를 꼭 착용하고 출근하거나 외출하라는 기상 캐스터의 쩌렁쩌렁한 울림이다. 창문을 열지 말고 노약자는 되도록이면 집 밖 출입을 자제하라는 당부이다. 이제 우리 지구에도 환란의 시대가 다가오고 있는가"(「나와 너의 장법 · 61」)라는 위기의식이 시의 사회성을 승화하고 있는 것이다.

시의 시사성은 어찌 보면 사회를 살고 있는 시인들의 진실 탐구에서 일종의 고뇌와 갈등이 교차하는 의식의 흐름인지도 모른다. 시의 사회성으로 말하자면 우리 인간들이 어떤 형태로든지 서로 교류하고 집단을 이루면서 사회를 형성하게 되는데 시도 이처럼 그 사회생활에서 떠날 수는 없는 것이다.

시는 의식적이든 무의식적이든 사회의 현실에 직면하여 거기로부터 끊임없이 주제를 찾아내려는 시적인 욕구가 있다.

현대의 사회는 더욱더 그 기구가 복잡화되고 모순을 내포하고 있으며 불합리한 것이 곳곳에 노출되어 있어서 시인은 다만 자기 내부에 침잠한 갈등을 그들의 사고와 표현으로 분사하고 있다고 해야 할 것이다. 시는 종전까지는 순수하게 생활이나 사회로부터 동떨어진 아름다움을 추구하는 것으로만 생각하고 거기에 몰입해서 인간들의 덕목인 진선미眞善美의 발현으로 시의 형태를 탐미적으로 형상화했으나, 현대시의 지평이나 지향점은 이렇게 사회성도 중시하게 된 것이다.

여기에서 다시 살펴보는 것은 "대통령이 탄핵소추가 되어 헌법재판소에서 심리"(「나와 너의 장법·59」)가 인용이 되는 국민의 수치가 나타나도 무관심이며 국정 농단이니 촛불 시위니 국기를 문란시킨 대통령도 있고 이를 계기로 국민이 양분되는 위험천만의 세상에서 우리가 살아가고 있는 것이다.

시내버스에 백발 노신사가 승차한다. 앉을 좌석 찾아 두리번거리다가 그냥 서서 가기로 한다. 차창 아래에는 '노약자석'이니 '임산부석'이라는 표지 딱지가 붙어 있으나 마나이다. (…중략…) 분명히 노자도 아니요 약자도 아니며 병자도 아닌, 또한 임산부도 아닌 요즘 젊은 애들의 삐뚤어진 정신머리가 서글프기만 하다. 이봐, 물질문명이 최고로 발달하고 입시 위주의 교육에 매달리니까 윤리 도덕의 교육을 제대로 받지 못해서 그렇다는 사실을 알지 못하고 있었나. 백발 노신사는 끝까지 서서 가다가 혀끝을 차면서 하차한다.

　　　　　　　　　　　　　　　　―「나와 너의 장법·63」부분

　사회성을 갖춘 시는 작품의 주제가 사회적인 문제들을 다루고 있으며 그에 상응하는 능동성을 다루고 있다. 우리는 거기에서 소박한 생활의 단면을 엿보게 하는 것부터 정치적인 이슈나 사회체제의 변혁을 갈망하고 또 인류 평화의 해법을 모색하는 등의 작품 경향을 자주 대할 수가 있다.

　위의 작품에서도 요즘 일부 청년들에게서 목도되는 흔한 일상―사회적인 부도덕과 비윤리적인 정서―을 한 편의 시로써 개탄하며 사회적인 사소한 문제들을 시인의 시각에서 스스로 체념하는 형상을 읽을 수 있게 한다.

　＊시는 왜 쓰는가? 일찍이 영국의 엘리엇T. S. Eliot은 그의 글 「시의 효용과 비평의 효용」에서 "시의 의미의 주된 효용은 독자의 습성을 만족시키고 시가 그의 마음에 작용하는 동안 정신에 대해서 위안과 안정감을 주는 데 있다"라고 했다. 또한 시는 "무엇이 사실이다"라고 단언하는 것이 아니라, 이

러한 사실을 우리로 하여금 좀 더 리얼하게 느끼도록 해주는 것이라고 했다.

그렇다. 시의 위의威儀나 본령本領은 우리의 고전에서나 볼 수 있는 음풍농월吟風弄月이나 전근대적인 주제인 인간의 진선미 탐구를 벗어나 지적인 자양이 가미된 인생론이나 가치관 추구를 시적 진실로 현현하는 것이어야 한다.

시는 무슨 쓸모가 있는가? 시를 쓰면서도 많은 회의를 느낀다. 젊은 시절에는 '나도 시인이 되어야지'라는 감상적인 꿈으로 낭만적인 소망에 젖어 마침내 시인의 길로 들어섰으나 속된 말로 시 한 편이 연탄 한 장, 쌀 한 됫박도 되지 못하는 현실적인 고뇌가 따랐다.

그런데 왜 골치 아프게 시 한 편을 창작하기 위해서 그렇게 골똘하게 머리를 싸매고 있을까. 대체로 시의 효용을 살펴보면, 우리 마음속에 있는 생각, 느낌을 표현함으로써 사람들로 하여금 표출되지 않은 답답한 감정에 얽매인 상태로부터 벗어나는 쾌감을 맛보게 해준다.

시는 또한 그 간결한 말과 가락을 통해서 사람들이 서로 마음을 통하고 어울려 하나가 되게 한다. 나는 다른 작품을 읽을 때 그 시인과 동일한 위치에서 무언의 대화를 교감하는 것이다. 프랑스의 시인 보들레르Baudelaire는 "우리의 기쁨이든 슬픔이든 시는 항상 그 자체 속에서 이상을 좇는 신과 같은

성격을 가지고 있다"라는 말로써 시의 지향점을 적시해주고
있다.

　시는 언어예술이다. 그렇다면 수필 소설 등 다른 장르는 언
어가 필요 없느냐. 아니지. 물론 필요하지. 그러나 언어가 함
축하는 오묘한 절대적인 그 무엇을 눈치채기까지는 언어가
숨겨둔 눈짓 손짓들을 나타내려면 다른 분야보다는 몇 갑절
의 언어와 대화를 해야 되겠지.

　나는 밤을 새웠다. 한 언어의 몸짓을 알기 위해 눈에 핏발이
서도록 국어사전을 뒤졌다. 좀처럼 모습을 드러내지 않는 그
정체 아아, 벌써 휘움한 새벽빛이 창문에 어른거린다. 이봐,
그러기에 평소에 언어 훈련을 충실히 하라는 선각자들의 말
씀을 새겼어야지. 너는 나의 부족한 부분, 어쩌면 결핍된 언어
의 창고에까지 들어와 시는 왜 언어가 풍족해야 하는지를 설
명해주고 있구나.

　너는 누구냐. 나의 내면에서 이글거리는 시의 원류를 따라
네가 적시摘示하는 메시지가 오늘은 더욱 선명한 무지개의 영
롱한 빛으로 유혹하는 너는.

　　―「나와 너의 장법·6」 전문

＊ 나를 발견했는가? 이번 시집의 제재인 '나'를 향한 집중

적인 울분에 대한 반성과 성찰을 통해서 진정한 '나'를 탐색하려 했으나 아직도 미흡하다. 이는 절실성을 표출하려는 표현력과 언어의 불충분함으로 드러난 나만의 무지 때문이라고 할 수 있을 것이다. 너 자신을 알라고 외친 소크라테스의 진실을 되뇌면서 자아에 대한 연구와 자성이 더욱 필요하다는 자애의 정신이 충만해야 하리라는 점을 굳게 믿는다.

"아아, 나의 미숙한 시법詩法은 언제쯤 샛별로 반짝일 수 있으랴"(「나와 너의 장법 · 5」) 또는 "먼저 자신이 자신을 사랑하는 자애自愛의 신념을 확고하게 정립하길 바라네"(「나와 너의 장법 · 54」), 그리고 결론으로 "내가 나에게 좀 더 현명하게 지적으로 살아가기 위해서 생각이나 느낌이 올바르지 못했었거나 선악의 분별이 흐려질 때 혹은 성찰이 미흡할 때 그리하여 개선의 여지가 없고 옹고집과 오기로 나 자신을 스스로 오도誤導하고 있지는 않는가"(「나와 너의 장법 · 결」)와 같이 아직도 많은 정신적 수련이 필요하지 않을까 싶기도 하다.

  * 나는 화가다. 정물화가다. 그것도 아주 정밀하게 스케치하는 화가다. 지금까지 창작해온 자아의식에서 시야를 더욱 확대해서 그리고 투명하게 응시하거나 그 착목된 사물을 현미경으로 살피듯이 속살까지 투영할 것이다.

그리하여 장법 이후에는 다양한 이미지를 동화해본다. 그러나 시법만 약간 다를 뿐, 거기에 안착한 주제는 대동소이大同小異하다. ( )에 관한 연구는 속된 잡스런 일상에서 탈출하려는 심적 변화를 그리면서 거기에서도 인생 문제, 사회성 문제 등이 내포되어 있어서 본래의 심성인 수용과 긍정 그리고 포괄의 내면적인 시심은 다시 용광로처럼 끓어오르고 있는 것이다.

정밀한 정물화가다. 나무껍질을 벗기면서 속살까지 그려 낸다. 속살에서 풍기는 향기로운 그 정신도 휘휘한 화법으로 표현한다.

어느 날 버스 앞좌석에 앉은 여인의 뒷모습을 그린다. 헤어스타일과 어깨 곡선이 질펀하게 어느 계곡을 흘러간다. 그 여인의 인생행로에 덧칠한다. 내면에 깊숙이 간직한 눈물의 체험이 선명하게 드러난다. 어쩌면 내가 살아온 불행한 삶의 전형이다.

어떤 한 사물이나 한 사람에 대해서 매번 그림을 그리지만 감춰진 내적 진실은 표현하지 못한다. 어쩔 수 없는 얼치기 화가다. 사는 일이 모두 그러하다. 형태나 명암이 분별되지 않는 단색의 데생만 그리는 아직 미흡한 화가다.

　―「나는 화가다」 전문

그렇다. 나는 어찌 되었거나 아직 미흡한 '화가'이지만 지속적으로 서툰 크레파스를 하얀 캔버스에 낙서처럼 갈겨나 갈 것이다. 그것이 정립된 명징한 시적 진실이 아니라 하더라도 나만의 지적 수준에 합당하도록 그림을 그릴 것이다.